GUSTAVE CLAUDIN

ENTRE MINUIT

ET

UNE HEURE

ÉTUDE PARISIENNE

PARIS

E. DENTU, ÉDITEUR

LIBRAIRE DE LA SOCIÉTÉ DES GENS DE LETTRES

PALAIS-ROYAL, 17 ET 19, GALERIE D'ORLÉANS

ENTRE MINUIT

ET

UNE HEURE

DU MÊME AUTEUR :

PARIS

Un volume grand in-18. — Prix : 5 francs

PARIS. — IMP. SIMON RAÇON ET COMP., RUE D'ERFURTH.

GUSTAVE CLAUDIN

ENTRE MINUIT

ET

UNE HEURE

ÉTUDE PARISIENNE

> J'ai vu les mœurs de mon temps
> et j'ai écrit ces choses.
> JEAN-JACQUES ROUSSEAU.

PARIS

E. DENTU, ÉDITEUR

LIBRAIRE DE LA SOCIÉTÉ DES GENS DE LETTRES

PALAIS-ROYAL, 17 ET 19, GALERIE D'ORLÉANS

—

1868

DÉDICACE

A M. NESTOR ROQUEPLAN

Mon cher Nestor,

C'est à vous que je dédie cette étude parisienne, dans laquelle vous retrouverez peut-être des lambeaux de votre conversation.

Pourquoi aussi dites-vous tout ce que vous pensez? pourquoi n'imitez-vous pas certains de vos amis que je ne nommerai pas, qui, lorsqu'ils trouvent des mots ou des saillies amusantes, mettent les scellés sur leurs lèvres, et vont bien précieusement cacher leur trouvaille qui fera un peu plus tard le plus bel ornement de leur premier livre?

Vous agissez ainsi, parce que vous êtes un

prodigue de verve et d'esprit, comme d'autres sont des prodigues d'argent.

C'est pendant la nuit que vous causez, vous êtes un amant passionné des étoiles. Vous êtes le dernier promeneur du boulevard, vous ne rentrez chez vous que quand vous avez aperçu une personne qui vient de se lever, et qui vous dit *hier*, alors que vous dites encore *aujourd'hui*.

Mais, dans ces pérégrinations, vous n'aimez pas à être seul : alors, quand vous rencontrez un ami, vous faites des frais de conversation pour le retenir, et, selon qu'il est de nature sérieuse ou frivole, vous lui parlez astronomie ou poudre de riz.

C'est en vous écoutant que j'ai songé à cette étude parisienne ; ayez le courage de la parcourir, et vous me direz ensuite si vous partagez ma façon de voir et de juger les choses.

A vous,

GUSTAVE CLAUDIN.

PRÉFACE

Je donne pour titre à cette œuvre : *Entre
minuit et une heure*, parce que c'est à ce
moment que les personnages que je mets en
scène se livrent à leurs joyeux ébats.

J'ai tenté, ainsi qu'on va le voir, d'esquisser une étude parisienne, qui, par malheur pour moi, a été déjà faite par des esprits
abondamment pourvus de tous les mérites
qui me manquent. Mais je ne me décourage
pas, et si je reviens sur ce sujet, c'est parce
qu'il sera toujours nouveau et intéressant.

Les philosophes, les moralistes et les économistes auront toujours à compter avec les prodigues et les filles légères. Ces réprouvés semblent défier les préméditations de la sagesse, et conspirer sans cesse contre ses maximes et ses décrets.

Il y a des natures chagrines que cette perspective désole. J'en suis bien fâché pour elles. Il faut voir les choses telles qu'elles sont, les réformer, si cela est possible, et les subir si on ne peut en triompher.

Or, jusqu'à présent, nulle société n'a pu triompher des prodigues et des filles légères. Il y en avait du temps des patriarches, il y en aura encore dans des milliers de siècles, alors que la dernière heure de notre globe aura sonné à la grande horloge de l'éternité.

Ceux qui me feront l'honneur de me lire

verront que j'ai pour ma part suffisamment
fulminé contre ces coupables auxquels un
repentir tardif viendra peut-être restituer
une seconde innocence. Je ne saurais donc
être suspect, en risquant dans cette préface
quelques réflexions tendant à prouver que
cette question des prodigues n'a jamais été
séparée d'une sorte de malentendu qui la dé-
nature, et qui a peut-être empêché jusqu'à
présent de la résoudre d'une façon con-
cluante.

Depuis le paradis terrestre le vice et la
vertu sont en présence. Ils ont tour à tour
prévalu ; mais, si j'en crois ce que j'ai lu et ce
que je vois, le vice avec son fruit défendu
a conservé l'avantage. La pauvre vertu mé-
connue a dû lui céder le pas, et s'effacer
humblement devant lui.

Je ne m'occupe pas des époques anté-
rieures, je n'examine que l'époque actuelle.
J'avoue que cet examen assombrit mon esprit, et que je recule épouvanté quand je
vois tout ce qu'on a fait pour le vice. On a
partout pour lui une indulgence qui ne va
pas jusqu'à le récompenser, mais qui fait
souvent plus que l'absoudre. Les poëtes, les
romanciers et les conteurs ont pour lui des
prédilections déplorables. Ils l'appellent sans
cesse à leur secours pour en parer les héros
de leurs rêves. Si par hasard et par un timide
remords de conscience, ils veulent réparer
leurs torts et leur froideur pour la vertu, ils
perdent toute leur verve dès qu'ils la font apparaître, et semblent la traiter comme *Cen-
drillon*. C'est ainsi que les choses se passent
en littérature, à la grande joie des lecteurs qui

préfèrent de beaucoup un personnage chargé de crimes à un héros comblé de toutes les vertus.

Mais, dira-t-on, il n'y a pas que la littérature. A côté d'elle, notre état social comporte des institutions, œuvre des moralistes et des sages, et opposant une sorte de contre-poids aux entraînements irréfléchis de l'imagination.

Je le sais bien. Nous avons des institutions que j'ai la prétention de connaître, et c'est précisément en les méditant que j'ai pu apprécier à quel degré la cause de la vertu avait été sinon trahie, tout au moins abandonnée par elles. Qu'on me permette de justifier par un fait indéniable la parfaite exactitude de mon assertion.

Dans notre état social la vertu a sa fête

marquée sur le calendrier. Une fois par an
l'Académie s'assemble solennellement sous
la coupole de l'Institut, pour la célébrer et
l'honorer dans sa manifestation la plus pure
et la plus éclatante. Les immortels mettent
leurs habits à palmes vertes et lisent d'élo-
quents rapports sur les dévouements héroïques et inconnus qui se sont produits dans les
cabanes, les mansardes et les chaumières.
On décerne au plus digne et au plus méri-
tant le prix fondé par le vertueux M. de
Montyon, c'est-à-dire une médaille d'or de
trois mille francs. C'est un spectacle très-
touchant que de voir apparaître l'élu. Presque toujours c'est un pauvre vieillard vaincu
et courbé par le travail et les années, qui
vient, timide et tremblant, remercier son
éloquent apologiste d'avoir discerné son mé-

rite dans le coin obscur et ignoré où il avait langui pendant si longtemps.

Le nom du couronné est publié par les journaux. Tout le monde le lit et personne ne le retient. L'élu s'en retourne dans sa province, il reçoit les félicitations de ses voisins, puis il rentre dans sa profonde obscurité.

Voilà bien en réalité tout ce que notre société fait pour la vertu. J'ai entendu dire, par des esprits très-droits, que c'était assez. Je le veux bien, mais je me demanderai pourquoi, quand on n'accorde qu'une médaille de trois mille francs à une créature du bon Dieu qui a mérité le paradis, on donne chaque année une somme de cent mille francs au cheval de course qui arrive le premier dans le prix de Paris. J'avoue qu'entre ce superbe animal et l'être vertueux en question, il n'y a pas de comparaison à établir. J'avoue enfin qu'en présence d'une contradiction aussi choquante, aussi inique, je me surprends à couvrir de mon indulgence la fille légère et privée de conseils, qui, interpellée par le vice qui lui donne des diamants tout de suite, et la vertu qui lui promet une médaille de trois mille francs en échange de trente ans de dévouement et d'abnégation, sourit au vice et envoie promener la vertu.

On m'objectera que la vertu est austère, et que les récompenses qu'elle peut nous valoir doivent demeurer austères comme elle. Je serais de cet avis si nous avions les mœurs farouches de la Sparte de Lycurgue, si nous mangions du brouet noir, s'il fallait un tombereau attelé de deux chevaux pour trans-

porter une somme de quarante sous. Mais
notre milieu social n'a rien de commun avec
ce rigorisme. Je crois donc pouvoir affirmer
que rien ne serait perturbé, si à l'avenir on
donnait un peu moins au cheval vainqueur
dans le prix de Paris, et un peu plus à l'élu
du prix Montyon ; les chevaux n'en cour-
raient pas moins vite dans l'arène et beaucoup de jeunes filles feraient moins de faux
pas dans la vie.

Si je suis dans l'erreur, je serais heureux
qu'un contradicteur voulût bien me le prouver. Il me rendrait un service dont je le remercie d'avance.

Je me.suis permis dans cette étude parisienne de parler avec quelque franchise de la
jeunesse du jour, et chemin faisant, il m'est
arrivé de jeter des pierres dans son jardin.

Je ne suis pas un moraliste en colère, et ce que j'ai écrit, loin d'être hostile aux jeunes viveurs, n'est au contraire que favorable à leur cause. Je leur reproche de mal choisir leurs plaisirs, d'abandonner les traditions de nos pères qui, eux, savaient s'amuser, et de substituer à ces traditions nationales des importations étrangères qu'ils n'accepteraient à aucun prix si elles leur étaient imposées comme des devoirs. Je soutiens que la plupart de nos viveurs ne sont que des fanfarons de gaieté, et qu'en réalité ils ne s'amusent pas. Ils s'étourdissent, sacrifient à des manies irréfléchies, et consentent à payer fort cher des produits frelatés qui ne sont en réalité que de la pacotille.

Paris n'est pas du tout une Babylone. M. Prudhomme, toujours si prompt à s'a-

larmer, peut seul professer une telle opinion.
Paris est la ville du plaisir, ou plutôt rede-
viendra la ville du plaisir, le jour où un vrai
descendant du comte d'Orsay entreprendra
de réformer la galanterie et la vie élégante.
Au nom de l'esprit et de l'urbanité, j'attends
l'heure où ce prince de l'élégance apparaîtra
sur la scène, et d'un violent coup de balai la
débarrassera des ordures qu'on persiste à
prendre pour des perles. Et pour finir par
ce mouvement oratoire qu'on appelle une
invocation, je lui dirai : « Venez, prince, il
est temps; sortez du nuage qui nous dérobe
votre distinction, renvoyez dans les ateliers
d'où elles n'auraient jamais dû sortir, tous
ces petits laiderons sans grâce, sans ortho-
graphe, sans gaieté et sans esprit, délivrez-
nous surtout de ces monstres prétentieux

qu'on rencontre partout dans une attitude de guenon sacrée, et que notre mauvais génie semble avoir déchaînés pour gâter nos fêtes, assombrir nos promenades et offenser nos regards. Vite à l'œuvre, ô mon prince! car le mauvais goût l'emporterait si vous tardiez à lui porter ce coup fatal que saint Michel sut trouver pour le démon. »

ENTRE MINUIT

ET

UNE HEURE

I

Ils sont très en colère nos chroniqueurs contemporains. Ils ressemblent à des Bachaumont fronçant le sourcil et prêts à dire leur fait aux hommes et aux choses. Ils possèdent tous un esprit et une fécondité qui m'étonnent, et je les admirerais sans réserve s'ils daignaient avoir un peu plus de bon sens.

Ils vivent tous dans cette conviction que Paris est une moderne Babylone, et s'obsti-

nent à considérer comme autant de péchés
capitaux de simples et d'inoffensives fredai-
nes. Ils ne voient que les boulevards, n'écri-
vent que pour les flâneurs des boulevards,
et ont l'air de douter qu'il y ait des habitants
dans les rues adjacentes.

Parce que dans cette portion de Paris
comprise entre la chaussée d'Antin et la
porte Montmartre on ne se couche pas, ils
en concluent qu'on ne dort nulle part dans
la grande ville. Les quatre ou cinq cents en-
ragés qui mènent la vie à grandes guides, et
jettent sans trève ni repos leur jeunesse,
leur santé et leur argent par les fenêtres,
constituent l'univers entier. Ils n'ont d'yeux
et d'oreilles que pour leurs équipées et leurs
peccadilles, et se sont en quelque sorte con-
stitués les historiographes des folies et des
extravagances que viennent commettre sur

ces boulevards les beaux messieurs qui vers minuit sortent des salles de spectacle.

Ce petit vacarme n'a rien de surprenant. Je ne suis étonné que par le calme de ses orgies, et par le nombre restreint de ceux qui se sont donné la mission de l'entretenir tous les soirs, afin de maintenir à Paris une physionomie particulière, et de ne pas le faire ressembler à une sous-préfecture de seconde classe. Et je dis en passant que c'est là une intention très-louable, très-nationale, dans l'accomplissement de laquelle les jeunes viveurs français sont puissamment aidés par les étrangers des quatre parties du monde.

J'évalue à quatre ou cinq cents nos viveurs contemporains ; je ne crois pas me tromper dans ce détail de statistique, et, je le répète, je suis surpris de l'exiguïté de ce bataillon qui se recrute dans le monde entier, depuis que les chemins de fer et les lignes de bateaux à vapeur ont aboli les distances et rapproché Paris de tous les continents.

La France fournit son contingent, le surplus, envoyé par les puissances étrangères, se recrute de la façon suivante :

On lit de temps en temps dans les journaux que des bateaux à vapeur, arrivés à Marseille et au Havre, avaient à leur bord cinquante jeunes Égyptiens et cinquante jeunes Brésiliens, envoyés par leurs familles pour faire leurs humanités dans les collèges de Paris. Ces aimables enfants parvenus en rhétorique, invoquant pour prétexte qu'ils vont à la Sorbonne préparer l'examen du baccalauréat, sortent de la pension, courent se promener au bord du lac, regardent les petites dames renversées dans leur coupé,

puis le soir vont aux Bouffes et à l'Athénée.

A dix-huit ans, ces infortunés, rappelés
par leurs familles, reprennent tristement le
chemin de l'Égypte et de l'Amérique, mais
emportent avec eux la nostalgie de Paris, le
souvenir du *grand* 16 du Café-Anglais, et les
photographies des beautés du théâtre de
l'Athénée. De retour dans leurs foyers,
mornes et tristes comparés à cet enfer qu'ils
ont entrevu avec leurs fièvres et leurs ar-
deurs de dix-huit ans, ils ont recours à toute
sorte de ruse pour obtenir de leurs pères
l'autorisation de revenir à Paris. Quelquefois
même, ils parviennent à monter la tête à
ceux de leurs amis qui n'y sont pas encore
venus, et il va sans dire que la description
du lac du bois de Boulogne, des boulevards
allumés le soir, et les photographies des co-

médiennes de nos petits théâtres contribuent beaucoup à convaincre ces nouvelles recrues.

Ils reviennent donc à Paris, et, sous prétexte d'étudier le droit, la médecine ou les mathématiques, ils y restent trois ou quatre ans. Ils louent avec rage les avant-scènes des théâtres, et le soir, en compagnie des demoiselles à la mode, qui celles-là, par exemple, durent plus longtemps qu'eux, ils s'unissent aux jeunes viveurs français, et exécutent ensemble le petit sabbat dont j'ai déjà parlé.

Quant aux journaux qui ont annoncé l'arrivée de ces enfants de l'Afrique et de l'Amérique, ils ne voient dans cette immigration que la glorification de notre programme universitaire connu et apprécié partout.

Quand donc un esprit bien inspiré et alliant le bon sens à la fantaisie composera-t-il un poëme sur le *grand* 16 du Café-Anglais, le bord du lac et mesdemoiselles Mignonnette et Polkette, et démontrera-t-il de quel poids ont pesé ces trois institutions sur le libre arbitre des étrangers accourus depuis dix ans dans notre capitale? On devrait mettre ce sujet au concours, et décerner un beau prix au vainqueur.

Cette digression prouve donc que ces quatre ou cinq cents viveurs des boulevards se composent à peu près par moitié de Français et d'étrangers. Ce nombre fort exigu permettrait de prouver à un statisticien que dans Paris, la ville du plaisir par excellence, le viveur est une race qui ne pullule pas, et qui est peut-être destinée à disparaître comme les carlins.

Quant aux fêtes galantes que ces messieurs

offrent à ces dames, je vais en parler, et on verra que les fruits défendus croqués dans ces agapes ne sont pas toujours très-croustillants.

Sans les chroniques qui s'en occupent, ces espiègleries passeraient inaperçues dans ce vaste Paris, laborieux, économe et prévoyant. Car, n'en déplaise à nos spirituels contradicteurs, la vertu est beaucoup moins bannie qu'on ne semble le croire de cette ville qu'on se plaît à travestir avec tant d'art et de talent. C'est à Paris que se font et se conservent les grandes fortunes; c'est encore là que d'innombrables familles, qui pourraient étaler un luxe insolent, vivent avec modestie, ne dépensent qu'une partie de leurs revenus, ont horreur pour leurs femmes et leurs filles des robes tapageuses, et préfèrent, ce qui vaut mieux, habiter au milieu de tiroirs pleins d'argent et d'armoires remplies de beau linge. Il serait juste cependant de tenir compte de ces abeilles prévoyantes et de ne pas les sacrifier sans cesse et toujours aux frelons. Je tenterai cette croisade en leur faveur ; et pour rendre, si je puis, ma guerre amusante, je ferai d'abord justice, en les analysant jusque dans leurs replis les plus intimes, de ces prétendus antres de Circé, bien moins amusants que les foyers qu'ils dépeuplent.

II

Il faut entrer, comme je l'ai promis, dans cet antre de Circé où les jeunes viveurs de Paris se retrouvent, après le spectacle, avec la fleur des pois de la galanterie. La petite fête a lieu tous les soirs, et les passants attardés sur le boulevard des Italiens en voient les lueurs blafardes à travers les vitres des croisées. Les gens vertueux qui retournent au bercail prétendent que c'est là que se réunissent les don Juan et les Phryné modernes.

Quand ils passent, ils détournent la tête, et leurs femmes légitimes, pendues à leurs bras, frémissent comme des hermines côtoyant un endroit suspect.

J'ai déjà parlé du *grand* 16, du Café-Anglais. Je ne dois pas oublier le *petit* 8 de la Maison d'Or, son rival en extravagances et en espiègleries, car une seule maison ne saurait contenir le nombre des écervelés qui, chaque soir, préfèrent les bruits de l'orgie au calme du sommeil. Mais comme les choses se passent au *petit* 8 de la même façon qu'au *grand* 16, en parlant de l'un, j'aurai parlé de l'autre.

C'est entre minuit et une heure que des coupés plus ou moins propres amènent au Café-Anglais les dames plus ou moins jeunes destinées à parer les festins qui se préparent. La maison leur appartient, car à cette heure

2

le monde sérieux qui dîne dans ce restaurant
est parti, sans que rien ait pu lui faire de-
viner la physionomie profane qui se prépare
pour la nuit. Les gourmets, les grands personnages ne connaissent du Café-Anglais que
le talent hors ligne de son cuisinier et l'excellence des vins rares accumulés dans ses
immenses caves. Quant au propriétaire de
l'établissement, c'est un bon bourgeois de
mœurs calmes et régulières, qui ne saurait
être plus responsable des dangers que court
la vertu dans les salons particuliers de sa
maison, que ne l'a été des blessures faites à
la bataille d'Austerlitz, le propriétaire du
sol sur lequel s'est livrée cette formidable
bataille.

Les dames et les demoiselles qu'on voit
arriver se divisent en trois catégories. Il y a
les grandes à la mode, celles qui ont des

diamants partout, des robes de velours, des blasons, des laquais à livrée, six chevaux dans leur écurie, et autant d'amants dans le cœur. Elles composent la tribu des archidrôlesses. Elles possèdent des obligations de chemins de fer et de la rente au porteur.

Il en est parmi elles qui ne sont plus précisément jeunes. La patte d'oie qui se dessine au bord des yeux, trahit leurs longs états de service. Elles ont eu des relations suivies avec des viveurs retirés de la vie depuis plus de quinze ans, et entrés depuis la même époque dans les honneurs, les fonctions et le mariage. Elles sont en ce moment aux prises avec la dixième génération de jeunes fous, qui briguent la faveur de dévorer à leur profit le vert et le sec.

La tribu des archidrôlesses est très-absolue. Elle ne consent pas facilement à

combler les vides qui se font dans ses rangs,
et il faut voir avec quelle ardeur elle se
dresse et se scandalise quand on lui propose
d'admettre dans son cercle quelque jeune
recrue. Ces demoiselles, montées en graines,
ont une aversion invincible pour les jeunes
qui les feraient pâlir et pourraient, par cette
confrontation, ouvrir les yeux aux aveugles
qui persistent à les aimer, sans jamais
compter le nombre effrayant de ceux qui
ont rempli les mêmes fonctions avant eux.

La seconde catégorie de ces dames comprend les pauvres fourvoyées qui se disent
artistes dramatiques, parce qu'elles montent
sur les planches des petits théâtres pour
apporter des lettres et représenter dans les
revues soit l'Huile de pétrole, soit le Square
Montholon. Les plus fortes gagnent 40 francs
par mois, les autres ne touchent aucun ap-

pointement. Mais le feu de la rampe élève à la puissance cubique le peu de beauté du diable qu'elles possèdent. Tel étranger qui ne l'aurait point remarquée dans la rue, se passionnera pour elle s'il la rencontre un soir au bout de sa lorgnette. Puis en l'aimant, on aime une comédienne, une damnée, dont le nom est affiché sur les murs. Tout cela monte la tête. L'heureux amant de cette merveille possède un diminutif en gros sous de mademoiselle Leblanc ou de mademoiselle Montaland.

Eh bien, je ne m'exagère pas la valeur de cette pauvre petite, j'essaye même de la réduire à sa plus simple expression ; mais il y aurait cruauté de ma part à me montrer trop sévère. Je veux, au contraire, rendre justice à cette habile duplicité qui, bien plus que la vanité ou l'ambition, a poussé

2.

tant de jeunes filles à se jeter dans le gouffre des théâtres. En prenant cette résolution, elle a atteint ce but, de fasciner davantage ses soupirants, puis trouvé le moyen de se réserver une petite somme de liberté qu'elle eût perdue sans cet expédient. Elle s'est réservé tout le temps qu'elle prétend devoir aux exigences de son théâtre, aux lectures, aux répétitions, aux raccords, aux essais de costumes, etc., etc., autant de prétextes avec lesquels elle peut fermer la bouche au tyran jaloux qui voudrait soupçonner sa vertu.

Je demande la permission de pousser un peu loin mon analyse, afin de bien signaler une plaie parisienne qui fera les plus grands ravages si nous n'y portons pas remède. Pour cela, il me faut entrer dans quelques développements que je crois très-utiles.

La liberté des théâtres, à laquelle j'applaudis, produira sûrement de fort bonnes choses, mais jusqu'à présent on n'en a encore fait usage que pour multiplier à Paris le théâtre des Délassements-Comiques. Cet établissement qui offrait un débouché suffisant à la trivialité, existe maintenant dans tous les quartiers de la capitale. Partout, sur ces scènes déplorables, on joue la même pièce, la *pièce à femmes*, participant tout à la fois de la revue et de la féerie. Ces productions, plus que légères, sont interprétées par des demoiselles qui ont la prétention d'être jolies, et qui par malheur ne le sont que rarement. Elles se distinguent par une absence de talent que je suis le premier à excuser, par cette excellente raison qu'elles ne sont pas payées pour en avoir.

Elles sont les esclaves soumises de *Mon-*

sieur le Directeur, qui abuse de leurs forces, de leur jeunesse et de leur santé, en les
obligeant à jouer cinq actes le soir, et à ré-
péter pendant la journée la pièce en cinq
actes qui doit succéder à celle qui tient l'af-
fiche. On ne se rend pas compte du travail
surhumain qu'on impose à ces petites créatures, condamnées à apprendre des tirades,
des couplets et des airs de musique, condamnées à essayer des costumes pendant le
jour et à en endosser cinq ou six dans la
soirée. Il y en a parmi ces petites malheu-
reuses qui jouent pendant six mois consé-
cutifs, sans avoir le repos nécessaire qu'on
accorde aux chanteuses, aux danseuses et aux
comédiennes de la Comédie-Française.

On m'objecte que si ces petites malheu-
reuses subissent une si dure destinée, c'est
parce qu'elles le veulent bien, et parce

qu'après tout, elles y trouvent leur profit.
Cette raison est, on me permettra de le dire,
détestable. Je ne vois en elles que des mi-
neures souvent, et des incapables toujours,
c'est-à-dire de ces êtres sans expérience, au-
devant desquelles la loi doit aller pour les
protéger contre elles-mêmes. Si les règle-
ments innombrables que la direction des
théâtres a imaginés, ont omis de statuer sur
ce point important, c'est une lacune qu'il
lui importe de combler, et je demande un
règlement de plus.

Ce qu'au nom de la morale, on peut bien
encore demander, c'est la suppression de
cette poste aux lettres clandestine, grâce à
laquelle pendant toute la soirée les beaux
messieurs des avant-scènes correspondent
avec les jeunes lutins de la scène, et leur
font part des magnificences auxquelles ils

sont prêts à se livrer. On devrait bien inter-
cepter ces communications révoltantes qui
souillent un théâtre, et finiraient par lui
faire donner un autre nom. En réformant
ces abus, on comblerait de joie beaucoup de
natures honnêtes que ces provocations cho-
quent et scandalisent.

On devrait bien aussi prier quelques ser-
gents de ville de se mettre après le spectacle
en faction à la sortie des coulisses, afin de
contenir la trop bouillante ardeur des soupirants, qui vont là pour attendre les brebis
qu'ils voudraient détourner du bercail.

La galanterie a ses droits, je suis le premier à le reconnaître, mais elle doit traiter
ses affaires, dresser ses batteries et ses
piéges ailleurs qu'aux abords des théâtres.
A Paris, les nuits sont longues et très-
noires. Et puis il y a aussi le jour qu'on

peut utiliser pour conduire ces folles équipées.

Cette fugue terminée, j'en reviens à mon
énumération.

La troisième catégorie de ces dames de
la nuit se recrute parmi celles qui, dans le
jour, ont été les dames du lac. Celles-là
n'ont rien de commun avec le théâtre.
Elles sont généralement mal mises, et don-
nent pour rien ce printemps précurseur
des automnes qu'elles vendront si cher
plus tard. Rien n'est charmant comme les
négligences de leur langage et le négligé
de leur toilette. Elles se parent d'artifices et
de mensonges, c'est bien le cas de le dire,
et accomplissent avec des épingles et des
cordons de véritables miracles, en soudant
avec une grâce, que le ciel n'accorde qu'aux
filles de Paris, des jupes, des fichus et

des corsages qui se sépareraient sans cela.

Les viveurs ne se font pas attendre, et arrivent peu de temps après les divers échantillons de dames que je viens d'énumérer. Loin de moi la pensée de les blâmer de venir rire et s'amuser dans les soupers. Il faut rire, dit La Bruyère, avant que d'être heureux, de peur de mourir avant d'avoir ri. Ils s'en iront plus tard, alors qu'ils auront perdu cette fougue et cette exubérance que la nature prodigue à la première jeunesse, pâlir sur les livres, étudier les grands problèmes, et infuser dans l'expérience. Ce que je reproche à cette orgie qui les attire, c'est son insignifiance, c'est le peu de beauté des démons qui les font pécher, c'est surtout le prix exorbitant qu'on leur fait payer un faux fruit défendu.

Car, par cette raison que cette petite fête

se renouvelle tous les soirs, elle manque d'animation, les convives sont mornes, silencieux et fatigués, et semblent porter sur la tête, non des couronnes de roses, mais des branches de cyprès.

L'aspect pittoresque de cette fête n'est d'ailleurs pas dans les salons. Il est dans l'antichambre où se passent les imbroglios, les va-et-vient les plus comiques... Rien ne saurait donner une idée du tumulte et du vacarme qui s'y produisent. Tout est là confondu et méconnu. Les grooms et les laquais de ces dames causent entre eux et se renseignent sur le train de la maison. Comme la servante de M. le curé, le groom s'associe à sa maîtresse, et dit : « Ce soir, nous avons été au spectacle ; demain, nous allons au bal. »

Puis, au milieu de ces valets bavards,

5

on voit se faufiler quelques jeunes viveuses
qui ont besoin de rendre visite à la toilette,
garnie de tous ses accessoires, placée dans
cette antichambre. Celle-ci vient se laver les
mains, cette autre plisser ses bandeaux ou
éparpiller davantage les mèches de ses che
veux sur son front, une troisième, suivie de
beaucoup d'autres, se jette sur la poudre de
riz et essaye ainsi de calmer les feux que les
vins capiteux du Café-Anglais ont répandus
sur son nez et ses joues. Toute cette toilette,
tout ce maquillage s'accomplissent sous les
regards des garçons qui portent dans les salons des cailles rôties, des écrevisses à la bor-
delaise et du chasselas de Fontainebleau.

Ces petites dames ne sont d'ailleurs pas
fières. Elles dévoilent aux gens profanes les
fonds secrets de leur beauté, qu'elles em-
pruntent à la parfumerie, et ne cachent pas

davantage les secrets de leur cœur et les caprices de leur âme. Il y a là un majordome
qui connaît les pensées les plus intimes, les
intentions les plus latentes de tout ce monde
galant. Comme ce majordome est un statisticien, il a constaté qu'il n'y avait que les
jeunes gens qui se renouvelaient. Quant
aux femmes, ce sont toujours les mêmes invariablement. On les voit arriver avec autant de régularité qu'à midi part le canon
du Palais-Royal.

Hier Musidora était au pouvoir de la
France; ce soir, la Russie l'accapare. Un
Valaque et un Brésilien attendent que la
Russie soit blasée. C'est dans le même endroit, au même étage, que se font toutes
ces stations amoureuses, devant la même
glace, près du même piano, fourbu à force
d'avoir craqué sous des doigts qui lui ont

demandé la mélodie du roi : *Bu qui s'a-
rance*, ou les mesures de la valse du *Baccio*.
Tandis que, retranchés dans leurs salons,
les amoureux se jurent un amour éternel,
les couloirs retentissent des facéties à la
mode lancées par les revues. *Je me l'demande* règne fort en ce moment. Il a dé-
trôné *Encore un carreau d'cassé* et *C'est
dans le nez que ça m'chatouille*.

Oui, voilà en réalité ce qu'on fait, ce
qu'on dit, ce qu'on entend dans cet antre
de Circé qui dépeuple les salons. C'est pour
assister à des plaisirs de cette exquise déli-
catesse que les jeunes gens d'à présent refu-
sent des contredanses et des valses aux
belles jeunes filles aux joues vermeilles, au
sourire pur, au front imposant et chaste.

Je n'en ai d'ailleurs pas fini avec nos
jeunes viveurs. Je veux les suivre partout

dans leurs folles équipées et leur prouver
que partout, au lieu du plaisir et de la joie,
ils ne rencontrent que lassitude et décou-
ragement. S'ils se contentent du maigre programme que leur ont fait jusqu'à ce jour
les ordonnateurs de leurs menus plaisirs,
cette modestie fait honneur à la santé ro-
buste de leurs illusions.

III

Je continue ma croisade contre la galanterie, et je m'efforce, chemin faisant, de ne
pas me départir de cette impartialité qu'il
n'est qu'honnête d'observer, lorsqu'on s'ar-
roge le droit de critiquer son prochain. On
trouvera peut-être que je manque de lo-
gique en consacrant tant de lignes à une
institution dont, au début de cette étude, je
contestais l'existence. Il n'en est rien, et on
va comprendre, je l'espère, l'utilité de cette
nouvelle digression.

Le demi-monde a été découvert par
M. Dumas fils. On voudrait le faire passer
pour un continent. J'ai soutenu que dans
la société parisienne ce demi-monde tenait
moins de place que n'en occupait la micro-
scopique île de Cythère dans l'archipel grec.
Je dois l'observer dans tous les endroits où
il dresse sa tente et dévoiler toutes ses ma-
chinations. Je n'invente rien, je raconte ce
qui se passe tous les jours à Paris dans les
détours de ces prétendus sérails.

Les demoiselles à la mode que j'ai ren-
contrées dans les restaurants, y vont non
pour souper, mais pour engager des affaires.
Les avant-scènes, les cabinets particuliers
sont leur bourse; c'est là qu'elles rencontrent les nouveaux arrivés qu'elles espèrent
prendre dans leurs filets.

Une apparition parmi eux sert à nouer les

relations, et, dès le lendemain, les soupirants se présentent à domicile.

Le succès n'est pas douteux. Il dépend
du plus ou du moins d'or que ce préten-
dant a dans sa poche. Autrefois, alors qu'il
y avait ce que l'on appelait des bonnes
filles, la jeunesse, la distinction personnelle,
l'esprit étaient autant de motifs pour
triompher de ses rivaux. A présent tout
est changé. Fussiez-vous beau comme
Apollon, spirituel comme Rivarol, élégant
comme le comte d'Orsay, tout cela ne servi-
rait absolument à rien.

En revanche, soyez hideux, chauve, teint
sur toutes les coutures, bègue ou muet, si
vous avez de l'or ou du papier ayant cours,
vous verrez tout de suite sonner l'heure du
berger. Ces demoiselles ont même une façon
très-leste pour exprimer ce brusque revire-

ment. Jadis on demandait à un homme d'avoir beaucoup de *chic;* à présent, disent-elles, on lui demande s'il a beaucoup de *chèques.* O progrès! voilà de tes coups.

Il en résulte que les boudoirs de ces demoiselles sont devenus autant de ponts d'Avignon. Tout le monde y passe, sans laisser ni trace ni souvenir. Vous n'êtes pas oublié, car on n'a jamais daigné penser à vous.

Si, d'ailleurs, on pouvait fouiller dans le tiroir où vont s'engloutir les épîtres que reçoivent ces petites dames, on leur pardonnerait ce peu de mémoire. On y trouverait une macédoine indéchiffrable composée des Arthur, des Alfred, des Ernest, des Gaston et des Ossian du monde civilisé. Impossible de se reconnaître dans cette immense nomenclature. Ces noms, qui ont perdu toute phy-

3.

sionomie, ne parlent pas plus que des nu-
méros.

Les étrangers figurent pour moitié dans
ce catalogue; car il faut le dire en passant,
il en est beaucoup parmi nos hétaïres con-
temporaines dont le nom et l'adresse ont
franchi les océans. L'enfant du nouveau
monde trouve ces indications dans certains
guides galants dont il est toujours muni
quand il se met en voyage. Ce guide existe
depuis plus de quinze ans. Il y a des noms
qui ont accumulé sur leurs têtes tous les hi-
vers révolus depuis cette époque, laquelle
était elle-même déjà fort éloignée de leur
début dans le monde. On les voit stéréotypés
sur les pages de ce guide, comme le sont
sur la cote de la bourse le *lin Maberly* et la
Vieille Montagne.

L'auteur de ce livre était, à n'en pas douter, un ardent philanthrope. On ne saurait croire jusqu'où il a poussé sa sollicitude pour les jeunes Télémaques qui voudraient bien prendre son œuvre pour Mentor. Ainsi, dans un coin isolé, il signale les moments de l'année où il est particulièrement avantageux de nouer des intrigues amoureuses. Il indique le 15 des mois de janvier, d'avril, de juillet et d'octobre. On m'a dit que l'obligation de payer le terme de l'appartement le lendemain de ces jours, et le peu de tendresse des propriétaires de Paris étaient pour quelque chose dans cette particularité. Je glisse sur ce point, n'osant pas l'approfondir davantage.

On conçoit, étant donné un tel état de choses, combien ces sultanes sont exposées à changer de sultans. Aussi il faut les entendre causant entre elles de leurs petites affaires. Jamais elles ne s'aviseraient de parler soit en bien, soit en mal du cavalier galant qui, la veille, était au bras d'une amie, ce cavalier pouvant, à l'heure présente, être encore une idole adorée ou déjà un monstre exécrable. Elles se taisent sur ce point et ne se demandent jamais compte de leur intarissable infidélité, pas plus qu'elles ne se montrent jalouses ou chagrines du départ d'un soupirant qui est allé déposer à d'autres pieds que les leurs ses largesses et ses soupirs.

Il est juste cependant de faire une exception en faveur de quelques âmes tendres qui, un jour, fatiguées de cette déplorable existence, se sont prises d'une grande passion pour un amoureux quelquefois moins riche et moins beau que ceux qui l'ont précédé dans la carrière. Ces conversions scandalisent fort la tribu de ces demoiselles, qui

ne ménagent à la pauvre convertie ni les sar-
casmes ni les cruautés. Elles ont un mot
pour qualifier cette sorte de retraite. Une
telle est devenue *pot-au-feu*, c'est-à-dire
qu'elle n'a plus d'yeux que pour celui
qu'elle aime, qu'elle a fermé sa porte aux
soupirants, qu'elle ne vient plus souper,
qu'elle préfère enfin une médiocrité sor-
table à tout le luxe incertain et fragile de
celles qui, pour faire la recette, ne peuvent
compter que sur les feux de leurs regards et
l'éclat de leur sourire. Mais les « *pot-au-
feu* » sont des cas très-rares et qu'on ne saurait trop encourager.

En poursuivant cette étude sur la galanterie, j'aborderai ses derniers replis, et je
ferai voir le revers redoutable de la face,
d'ailleurs peu agréable, que j'ai esquissée de
mon mieux.

IV

J'en suis arrivé au dernier verset de mes sévérités contre les demoiselles qui ont été successivement désignées sous les noms de lorettes, de filles de marbre, de biches, de cocottes, et d'hétaïres par des moralistes forts en grec. J'ai divulgué les artifices et les ruses de leur déplorable existence, en même temps que j'ai essayé de montrer le peu de place qu'elles tenaient parmi nous. Désormais on n'assignera plus de

proportions babyloniennes aux équipées
qu'elles commettront avec leurs aveugles
complices.

Sans doute il y a des quarts d'heure
agréables dans l'existence de ces pauvres
filles que M. Michelet appelle si justement
des filles de tristesse. Elles sont conviées
à des fêtes brillantes par les écervelés épris
de leurs beaux yeux : mais le prestige dont
elles peuvent être la dupe ne saurait durer
longtemps. Le bonheur ici-bas, même
quand on a un excellent estomac, ne consiste pas qu'à dévorer les primeurs, à manger les premières asperges et les premières
pêches, à porter de gros diamants aux
doigts et aux oreilles. Pour la plus perver-
tie de toutes ces créatures, viennent des
instants qui lui ouvrent les yeux sur son
infériorité. Elle a des chevaux dans son

écurie, et quelquefois des laquais dans son antichambre.

Quel usage peut-elle en faire? Où peut-elle se faire conduire? La société inflexible élève de toutes parts des barrières qu'elle ne peut franchir. Elle est exclue de tout endroit où viennent s'asseoir deux mères de famille. Dans les grands théâtres les loges d'honneur lui sont interdites, aux courses elle a sa place marquée d'avance, et ne peut aller ailleurs que dans ce lazaret où viennent, j'en conviens, la saluer des adorateurs qui n'ont pas le pouvoir de l'en faire sortir. Elle vit isolée, entourée d'un cordon sanitaire qui la force à tout instant à s'arrêter dans sa course.

Il lui faut subir cette subordination et céder le pas à la grande dame, dont elle se vengera peut-être le soir en lui enlevant son frère, son fils, ou quelquefois son mari.

La pauvre fille expie le faux bonheur qu'on lui attribue par la monotonie fatale de sa vie. Aller au bois, occuper une avant-scène d'un petit théâtre, souper, jouer au baccarat, danser avec ses amies, dépenser follement pour ses toilettes, telles sont ses seules distractions.

On me dira que c'est là un charmant ordinaire, un menu dont les plus difficiles se contenteraient. Il n'en est rien, qu'on en soit bien convaincu, et je ne connais pas de nature un peu distinguée, capable de résister un an à un pareil régime.

Il y a dans la vie des moments où la meilleure réflexion est celle qui consiste à ne pas réfléchir. C'est par cet expédient que ces demoiselles s'en tirent, et ne succom-

bent pas au spleen, à la lassitude et au dé-
goût. Comme Oreste, elles se livrent au
crime en criminelles.

Parfois, cependant, elles appellent à leur
secours des distractions presque toujours
niaises, qui ont toutefois le mérite de les
arracher à elles-mêmes, de leur faire fuir la
vie, et de les conduire à travers un nuage
d'indifférence d'aujourd'hui à demain. Allez
les surprendre aux instants désœuvrés de la
journée, à ces heures que personne ne ré-
clame, vous les trouverez invariablement
occupées à lire *Rocambole*, ou à se tirer les
cartes. Ces deux occupations les passionnent,
leur font quitter la terre ; elles oublient
leurs soucis, leurs effets en souffrance, jusqu'aux bijoux qui dorment au mont-de-
piété. Arthur lui-même est mal reçu quand
il s'avise d'arriver dans ces moments-là. On

le trouve importun, et il n'est pardonné qu'au prix d'un très-gros sacrifice.

La lecture des romans d'aventure exalte leur imagination. Elles sont persuadées qu'elles rencontreront le soir un monsieur tout à fait conforme au héros entrevu dans les pages de leur livre, et elles s'abandonnent à cette douce espérance.

Quant aux tourments de l'amour et aux larmes qu'il fait verser, ce sont là des angoisses qu'elles ignorent absolument. Elles lisent en ricanant les épîtres émues et tendres qu'ont la faiblesse de leur écrire les malheureux épris de leur dévergondage, et traitent ces absents avec un cynisme révoltant. J'en connais une, bien jeune encore, qui était aimée par un fils de famille.

Elle le trompait depuis six mois sans qu'il s'en aperçût. Il fut obligé de quitter Paris

pour s'en aller à Saint-Pétersbourg occuper un poste qu'il devait à son nom. Avant
de partir il la combla de présents et l'inonda
de larmes. Depuis Amiens, et en continuant
dans toutes les villes par lesquelles il passa
entre Paris et Saint-Pétersbourg, il lui envoyait des dépêches télégraphiques pour lui
rappeler qu'il l'aimait. En même temps il
la suppliait de répondre par la même voie
électrique, et payait le coût de cette réponse.
La belle insensible ne répondit pas un mot,
attendit que cet amant à dépêches fût arrivé
à Saint-Pétersbourg, puis aussitôt, passa au
bureau du télégraphe et se fit rembourser le
montant des réponses payées qu'elle ne devait pas transmettre.

Pour me résumer sur le compte de ces
demoiselles, je serais tenté de leur appliquer
ce mot si profond de M. Prudhomme :

« Elles sont plus à plaindre qu'à blâmer. »
Si elles éblouissent les passants naïfs par
leurs oripeaux, elles payent fort cher ce frivole avantage. Je vous assure qu'il n'en est
pas une parmi elles qui ne soit lasse de son
métier, et prête, si cela était possible, à
changer de condition avec la modiste insou-
ciante qui, après avoir travaillé toute la semaine, se fait belle le dimanche, et s'en va
recueillir les hommages et les compliments
des soupirants qui comptent l'épouser.

Elles donneraient toutes leurs parures en
échange d'une de ces bonnes et honnêtes
paroles qui chatouillent le cœur et caressent
la conscience. Mais le sort en est jeté. Elles
ont autour de la taille cette ceinture dorée
plus inflexible et plus inextricable que la
camisole des suppliciés. Elles peuvent se
consoler en songeant qu'elles ne sont ni

pires ni meilleures que leurs devancières des siècles précédents, et qu'elles ont leur utilité sociale, celle d'entretenir la race des prodigues, c'est-à-dire de ces êtres intéressants et méconnus, qui par leurs folies poussent à la diffusion des richesses et fournissent les plus beaux thèmes aux moralistes.

V

Des demoiselles dont je viens de parler
aux jeunes farceurs leurs complices, la tran-
sition est facile. C'est la mode de beaucoup
médire de ces petits messieurs et de les
accabler de toutes sortes d'ironies. Je serais
tenté de dire qu'ils ne méritent ni cet excès
d'honneur ni cette indignité. Ils sont ce
qu'ont été ceux qui les ont précédés dans
cet emploi. De tout temps, il y a eu des
petits crevés, c'est-à-dire de ces sujets éner=

vés par le jeu, les veilles et le reste. Quelques-uns meurent à la peine, mais la majorité résiste à cette épreuve et en sort bronzée pour tout le reste de la vie.

En ce temps-là, comme à présent, ces beaux messieurs étaient tapageurs et fanfarons de scepticisme et d'insensibilité. On se considérait comme perdu dans cette joyeuse corporation, si on osait avouer qu'on crût à l'amour ou à la fidélité. Il faut se faire passer pour plus méchant et plus roué qu'on ne l'est en réalité. Il faut traiter la femme comme une esclave devant le monde, quitte à se prosterner à ses pieds quand on se trouve seul avec elle, et savoir exposer tout ce qu'on possède à la merci de ses caprices. On se venge de ces blessures souvent très-graves, en l'accablant quand elle n'est pas là, et en initiant tout le monde à certains détails qui n'étaient évidemment pas destinés à la publicité. Il est bien rare qu'on ne ressemble pas un peu au roi Candaule, et qu'on sache se taire sur les beautés et les mérites secrets de la belle dont on a su être le vainqueur.

Les gandins actuels, puisqu'il faut bien les appeler par leur nom, se distinguent surtout par leur frivolité ! Rien ne saurait donner une juste idée de leur indifférence pour les sujets qui ne touchent pas au programme de leur vie. La découverte la plus prodigieuse serait faite, le poëme le plus divin sortirait d'un cerveau, que ces choses ne les frapperaient pas plus que la lecture d'un *fait divers*.

S'ils ne lisent pas Montesquieu, en revanche ils savent par cœur le répertoire des petits théâtres. M. Gil Perès, *cet excellent*

4

bon des Mémoires de *Mimi Bamboche*, tient pour eux, dans le monde dramatique, bien plus de place que l'homme *aux rubans verts* de la grande comédie.

La toilette est leur grande affaire, non pas la tenue sévère du soir, qui ne comporte d'autre variante que la couleur de la cravate noire ou blanche, mais la tenue du jour, c'est-à-dire ces essais de plus en plus malheureux de vêtements ridicules, tantôt par leur ampleur, tantôt par leur exiguïté. En ce moment, ce sont les petits chapeaux et les redingotes-vestes qui règnent despotiquement. Si, il y a trois ans, un comique du Palais-Royal fût apparu en scène ainsi travesti, il eût soulevé un fou rire dans la salle. Ce costume est porté sérieusement dans la rue par la fleur des pois de nos élégants. Et n'allez pas leur dire que ces formes et ces coupes sont disgracieuses ; car dès le lendemain, leurs chapeaux seraient encore moins élevés et leurs vestes plus courtes. Cette maladie durera encore six mois.

Ces jeunes gens, que ces légers écarts n'empêcheront pas plus tard de devenir des hommes distingués, ont un faible pour cet idiome qu'on a, avec tant de raison, appelé la langue *verte*, par antithèse à la langue *morte*. Ce sont eux qui ont répandu dans le monde les adjectifs *crevant, épatant, infect* et *splendide*. Mais *splendide* n'a pas duré, c'est un mot magnifique qui ne se prêtait pas aux vulgaires offices qu'on lui demandait. Ils ont dernièrement adopté la *pieuvre*, trouvée dans *les Travailleurs de la mer* de Victor Hugo. Mais ce terme languit, il ne fait pas son chemin, il n'est pas heureux, on n'en veut plus.

Ces jeunes bambocheurs sont surtout curieux à observer quand ils deviennent victimes de leurs prodigalités. Il y en a parmi eux qui se montrent héroïques dans leur façon de se défendre contre les créanciers et les conseils judiciaires, et qui dépensent dans ces retraites désespérées deux fois plus d'intelligence et d'habileté qu'il n'en faut souvent pour faire fortune. Ils se divisent en deux classes : les interdits et ceux qui font tout ce qu'il faut pour cela.

Le prodigue interdit est forcé dans ses derniers retranchements. Son sort est bien simple. Il n'a plus d'argent et plus de crédit. Son nom, inscrit dans ce fatal tableau qui décore les études de notaires, n'est plus coté sur la place. Un usurier ne le reçoit même plus, et les fournisseurs le négligent. L'interdiction, c'est la faillite civile.

Mais le prodigue non encore interdit est,
celui-là, un des échantillons les plus curieux
de notre état civilisé. Il a pour ancêtre ce
mauvais sujet célèbre dont l'histoire, tout
au long racontée dans les saintes Écritures,
a été, pendant des siècles, illustrée par les
imageries d'Épinal. On voit encore dans les
hôtels de province les folles équipées de
l'enfant prodigue, dissipant son patrimoine
au milieu des fêtes et des festins. Il est per-
pétuellement à table, une coupe à la main,
et entouré de femmes vêtues de courtes tuni-
ques rouges.

La providence du prodigue, c'est, ainsi
qu'on le devine, l'usurier, dont l'espèce se
raréfie tous les jours et n'existerait plus
depuis longtemps, si l'on en croit M. de
Balzac, qui prétendait que le dernier avait
été ruiné par les fils de famille. Il y en a

4.

encore dans quelques coins bien retirés de Paris, au fond de cours conduisant à des allées obscures, lesquelles aboutissent à de petites demeures sombres.

Je demande la permission de me livrer à une courte digression que je ne présente pas comme une actualité. Je risque cette digression qui me permet de raconter deux anecdotes assez amusantes.

Il n'y a pas bien longtemps de cela, un usurier allait trouver le père d'un viveur auquel il fallait faire payer pour la troisième fois des dettes contractées pour une biche très-connue. Le père se faisait tirer l'oreille. Enfin il consentit, et, en déliant les cordons de sa bourse, il s'écria :

— Je paye, mais au moins sait-on dans le monde que tu es l'amant de cette belle dépensière ?

On a souvent parlé des singulières trans-
actions intervenues entre les prodigues et
les usuriers.

On sait que le plus souvent la somme em-
pruntée est fournie partie en argent et partie
en marchandises. Il y a dans Paris des fonds
de magasins qui, depuis longtemps, constituent ce lot de marchandises qui a passé par
tant de mains et encombré tant de locaux. On
a fait l'inventaire des choses triviales ainsi
données en gage, et on n'a pas oublié ni
les roues de cabriolet, ni les lames de par-
quet, ni les cercueils, ni les enseignes de
sages-femmes en cœur de chêne. Mais je
demande la permission de rappeler ce que
le vicomte Latimer, un viveur très-ardent,
reçut un jour comme appoint.

Il avait souscrit une lettre de change de
10,000 francs, et reçu 5,000 francs en

argent et le reste en pavés. Les pavés étaient
en gare à Amiens. Ordre fut donné de les
amener à Paris.

Le vicomte Latimer, invité par la compagnie du Nord d'aller prendre livraison de
ses pavés, ne répondit pas. La compagnie,
gênée par cette marchandise encombrante,
la fit déposer sur la voie publique. La petite
voirie se fâcha et somma la compagnie de
débarrasser la rue. Les pavés furent reportés
en gare. Le chef de gare écrivit au vicomte,
qui ne répondit pas davantage. La compagnie se retourna vers l'usurier expéditeur,
qui, après bien des hésitations, parce qu'il
disposait de ce qui ne lui appartenait plus,
ordonna, sachant qu'il ne ferait pas de peine
à Latimer, de ramener les pavés à Amiens.

Le chef de gare d'Amiens, en voyant revenir ces maudits pavés qui l'avaient tant

géné, fit une grimace abominable. Il informa le chef de service que les manœuvres de sa gare étaient entravées par cet encombrant voisinage. L'administration écrivit une lettre très-vive au vicomte Latimer, qui ne répondit pas. Elle se retourna de nouveau vers l'usurier, qui, après un mois de réflexion, envoya un à-compte et ordonna de ramener les pavés dans la gare de Paris.

Les frais de transport, de transbordement et de garage de ces lourdes pierres s'élevaient à une somme supérieure à la valeur de la marchandise. La compagnie, à bout de patience, assigna le vicomte Latimer et l'usurier. Latimer ne comparut point. L'usurier objecta et prouva que les pavés ne lui appartenaient plus, et qu'il fallait s'en prendre à la négligence de Latimer. Ce dernier étant insolvable, il n'y avait qu'à faire vendre les pavés. On chargerait un chariot avec les feuilles de papier timbré qu'il fallut noircir pour aboutir à ce résultat et débrouiller ce conflit auquel déclaraient perdre leur latin l'agent du contentieux de la compagnie, l'agréé et l'huissier de l'usurier.

Comme en ce monde tout a une cause, les pavés et les hommes de loi ne s'étaient tant agités que parce que le vicomte Latimer avait fait présent à mademoiselle Tulipe, de l'Opéra, d'un diamant énorme qu'elle portait à son cou.

VI

Il faut avouer que les plaisirs nouveaux, imaginés pour distraire les heureux du jour, ne sont pas du tout réjouissants. Quelle distraction réelle peut-on trouver dans les courses de chevaux, les steeple-chases, les régates, le criket et autres importations britanniques ? Il n'y a rien de français, rien de national dans ces exercices qu'on voudrait prendre au sérieux et considérer comme des institutions.

On m'objectera qu'il faut bien inventer des divertissements pour ceux qui n'ont rien à faire, et leur offrir un programme quelconque pour la journée. Je suis d'accord sur ce point, et j'applaudis même ceux qui se creusent l'esprit pour cela. Mais je prétends qu'ils n'ont trouvé et fait adopter dans ces derniers temps que des exercices compliqués, coûteux et peu récréatifs.

Les courses de chevaux ont leur utilité. Elles améliorent la race chevaline, ou plutôt sont destinées à l'améliorer, car je n'ai encore rencontré jusqu'à présent, ni dans les innombrables voitures publiques de Paris, ni dans les voitures de province, ni dans la cavalerie de notre armée, ni dans les chevaux de notre agriculture, le plus petit neveu des coursiers illustres qui se sont couverts de gloire sur les hippodromes de France ou

d'Angleterre. Cette mode a son côté utili-
taire, et on a raison d'encourager, par des
prix d'une valeur considérable, ceux qui
veulent purger la terre des abominables
Rossinantes qui la déparent.

Par malheur, et c'est là où je veux en
venir, les courses ont fait surgir autour
d'elles une foule de manies qui m'agacent
au dernier point. D'abord, elles perturbent
Paris. La promenade aux Champs-Élysées et
au bois de Boulogne n'est pas sûre quand il
plaît aux sportsmen de les traverser au galop
de chevaux affublés de tous les grelots qu'un
marchand de cloches en délire a cru de
bon goût de leur accrocher au cou. On est
emporté dans ce courant vertigineux, et il
faut quitter la promenade ou se joindre à
tous ces ahuris.

Le soir, au retour des courses, où que

vous alliez, vous n'entendez parler dans les groupes que de *Tonnerre des Indes*, de *Vertugadin*, de *Déception* ou de *Succursale*. Le lendemain matin, les journaux répètent les conversations que vous avez entendues la veille, et deux jours après les journaux de l'étranger reviennent avec des dépêches télégraphiques résumant encore une fois le résultat de la lutte.

Les chevaux qui figurent dans ces tournois ont maintenant un état civil. On connaît les noms de leurs ancêtres, la date et le lieu de leur naissance, ainsi que leurs succès ou leurs revers au concours. C'est quelque chose, je le reconnais.

Je sais bien que la majorité en ce moment tient pour les courses. Les jeunes gens y font des paris et les dames vont y exhiber des toilettes qui n'auraient nulle part leur raison d'être. C'est pour la minorité qui n'a pas de prédilection pour le *Sport* que je parle. Elle se trouve opprimée sans pitié et contrainte de fuir pour échapper à cette fièvre hippique.

On ne saurait d'ailleurs imaginer une persécution plus complète. Le sport a sa langue composée de mots anglais soudés à des mots français. Le tout produit une espèce d'amalgame souvent désagréable à l'oreille et toujours incompréhensible pour l'esprit.

La manie des courses se propage partout et menace d'envahir tout le territoire. Les villes de province organisent ces sortes de fêtes et, à un moment donné, amènent dans leurs murs des milliers de curieux qui font faire de fructueuses recettes aux hôteliers, aux restaurateurs et aux cafetiers. Un maire

qui négligerait cette occasion serait mal
noté dans sa ville. On court partout, mais
améliore-t-on la racine chevaline ? Toute la
question est là.

Les régates ne me paraissent pas destinées
à doter la marine française et la naviga-
tion fluviale de marins plus expérimentés.
J'admire vraiment, moi lecteur assidu du
Figaro, et qui n'y écris que par hasard, la
sollicitude avec laquelle M. Maillard, un
chroniqueur spirituel et très-bien informé,
traite les régates. Il semble avoir pour cette
insipide institution une prédilection particulière. Je lis toutes ses chroniques d'un
bout à l'autre, mais je ne crains pas de lui
déclarer que quand il arrive à me parler du
Rowing-Club, et du *Sailing-Club*, je passe
impitoyablement ces endroits-là. Quel inté-
rêt, je le demande, y a-t-il à savoir que des

canotiers qui se sont rencontrés à Asnières,
à Rouen ou sur la rade de Dieppe, ont franchi les uns à la rame, les autres à la voile,
tant de nœuds en une demi-heure? Il y a,
de plus attrapés que les lecteurs de M. Maillard, les curieux qui, d'après les annonces
et les affiches, se sont rendus sur la plage
ou sur le rivage pour contempler ces luttes.

D'abord, règle générale, il pleut presque
toujours à ces défis nautiques. Puis, c'est
un va-et-vient d'embarcations dont il faudrait expliquer davantage les manœuvres.
Vous voyez des rameurs en costumes zébrés
fendre l'onde en mesure avec leurs avirons,
vous croyez qu'ils luttent. Pas du tout, ils
s'essayent et se mettent d'accord.

Parfois un cri d'étonnement sort de la
poitrine des spectateurs à la vue d'une em-
barcation longue et légère. Mais on devine

que les inventeurs de cet esquif n'ont pu
réaliser qu'une partie de leur désir, et qu'ils
n'en sont pas encore arrivés à ce cure-dent
sur lequel ils aspirent à naviguer. Ce jour-là
les canotiers célébreront la fête des pas-
teurs. J'attends le cure-dent et je compte
sur M. Maillard pour me signaler son apparition.

Quant au jeu du *criket*, je déclare que,
malgré les explications minutieuses et réité-
rées qu'en ont livrées au public *le Sport*,
le Derby et même *le Figaro*, dans la rubri-
que consacrée à ce qu'on croit charmant
d'appeler *high life*, je ne comprends rien à
cet exercice, inférieur aux quilles et aux
boules tombées en désuétude parmi nous.

Je n'hésite pas à dire que j'aimerais
mieux planter des choux ou de la salade
dans un carré de terre, que d'envoyer ou de

recevoir la boule dangereuse et brutale du
criket. Jamais cet exercice, malgré les récla-
mes que lui feront les partisans de *high life*,
ne prendra parmi nous. C'est inutile comme
un *lunch*. L'un fait mal aux jambes, l'autre
fait mal à l'estomac.

Pourquoi, puisqu'on songe parmi les gens
à la mode à en revenir aux exercices du
corps, ne restaure-t-on point le jeu de la paume
si favorable au développement des muscles,
si bien imaginé pour donner de l'appétit et
du sommeil? Je le sais bien. C'est parce que
la paume est un mot connu de tous. Or, il
en est de nos frivolités comme des artistes.
On croit tout de suite au talent d'un violo-
niste ou d'un pianiste qui compte quinze con-
sonnes pour une voyelle dans son nom. On
est flatté d'être du *Rowing-Club* ou du *Sailing-Club*. On le serait moins de faire partie

du cercle des rameurs, ou du cercle des voi-
liers. On n'a point d'appétit pour procéder à
un second déjeuner ou au goûter de nos pères, mais on ne sait pas résister à un
lunch. Cette nuance classe tout de suite celui qui la saisit parmi les patriciens du plaisir, et le fait entrer à pieds joints dans le *high
life*.

Je n'y vois pas grand mal, mais en même
temps, j'affirme que toutes ces habitudes,
toutes ces mœurs nouvelles sont absurdes,
antipathiques à notre caractère, à notre esprit, à notre gaieté, et surtout à notre langue
que nous ne parlerons plus, si nous n'arrê-
tons pas au passage tous les mots qui se fau-
filent dans les comptes rendus et les conversations consacrés à ces innovations. N'ou-
blions donc pas que nous sommes Français,
qu'on parle partout notre langue, qu'on

imite partout notre élégance, qu'on mange partout notre cuisine, et qu'on joue partout les drames, les comédies et les vaudevilles de nos auteurs à la mode.

Paris est le centre et le foyer du monde civilisé, c'est vers lui qu'accourent ceux qui veulent fuir l'ennui national. Que Paris reste français, et que ceux qui, par leur fortune, leur désœuvrement et leurs caprices, dictent à la mode ses arrêts, n'échangent pas leur précieuse originalité contre des imitations puériles, sottes, et surtout ennuyeuses.

VII

J'ai protesté contre l'invasion de tous les usages étrangers que nous avons la faiblesse d'accepter et d'admettre, et, dût-on m'accuser, comme on disait il y a quelques années, de *vendre mon piano*, je tiens à protester vigoureusement contre cette impardonnable condescendance.

La mode française a de tout temps imposé son exemple aux peuples soucieux de se civiliser et d'aspirer à l'élégance. Notre esprit,

nos belles manières, notre langue, les œu-
vres de notre imagination ont fait le tour du
monde, et le feront aussi longtemps que la
terre tournera autour du soleil.

Si la France et Paris en particulier s'é-
teignaient, la civilisation s'éteindrait en
même temps. Ce n'est pas un élan irréfléchi
d'amour-propre national qui me fait formu-
ler cette audacieuse appréciation. J'ai pour
garant de sa réalité le témoignage de tous les
étrangers spirituels qui ont connu Paris et
la France, et j'en citerai deux dont on ne ré-
cusera pas l'autorité. J'ai nommé le prince
de Ligne, ce Belge dont l'esprit égalait celui
de Voltaire et de Rivarol ; puis Henri Heine
qui, dans son livre de *Lutèce*, signifiait aux
Allemands, ses compatriotes, que les journaux de leur pays ne seraient plus lus s'ils
supprimaient leurs correspondants à Paris.

Nos voisins nous doivent tout ce qu'ils font de bien. La mode française les a tirés de la maladresse et de la gaucherie dans lesquelles ils infusaient avant qu'ils nous eussent pris pour modèle.

On ne mange bien qu'en France et à Paris ; dans les arts il n'y a de réellement consacré que ce qui a reçu le baptême parisien. C'est dans notre capitale que les grands compositeurs étrangers ont apporté leurs chefs-d'œuvre. En Allemagne, dans les jeux publics, les termes du jeu se formulent en français. Les raffinés de toutes les grandes villes s'adressent à Paris pour tout ce qui tient à l'élégance et à la coquetterie.

Voilà en réalité la situation.

Or, pourquoi les jeunes beaux d'à présent brisent-ils avec cette tradition ? pourquoi se donnent-ils tant de mal pour emprunter aux étrangers des usages qui ne valent pas les nôtres? Les petits chapeaux viennent d'Angleterre, comme les courses et les régates.

Le *high life* vient encore de l'Angleterre, sans respect pour Versailles, où a brillé la plus belle élégance. Les journaux destinés aux heureux désœuvrés ne sont presque pas écrits en français. On se perd au milieu des mots techniques du *sport*, et d'une foule d'autres institutions en réalité fort ennuyeuses, mais qu'il est de bon ton de cultiver avec ferveur. Il semble vraiment que la langue française soit encore cette gueuse en guenilles dont parlait Amyot, et à laquelle il fallait faire l'aumône.

Il serait temps de bannir tous ces termes ridicules, n'exprimant rien, et qu'on pourrait d'ailleurs remplacer par une foule de

mots de notre dictionnaire que nous laissons
tranquilles, et qui, bien employés, seraient
au besoin bien plus pittoresques et bien plus
colorés.

Pourquoi dit-on qu'on va au *club*, en pro-
nonçant ce mot comme s'il était écrit ainsi :
cleube? on n'a jamais pu savoir pourquoi
on récusait notre mot français *cercle*.

J'en veux beaucoup à mes chers compatriotes d'être tombés dans tous ces petits
travers qui ne les font pas plus jolis à mes
yeux, et je leur en veux surtout parce que,
pour condescendre à ces travestissements
et s'écarter de nos mœurs françaises, ils se
sont faits les complices des étrangers installés chez nous.

Ces regrettables importations venues
d'Angleterre, d'Amérique et même de l'O-
rient, se révèlent dans toutes les actions de

la vie. Ainsi, nous savions manger avec élégance. Cet art est à présent presque perdu.
Nous avions décidé avec raison que le melon,
par exemple, devait être servi au commence-
ment du repas. A présent, c'est le contraire,
et il en est ainsi, parce que des Américains
et des Orientaux, qui le confondent avec quelque autre cucurbitacée de leur climat, se le
font servir au dessert, y ajoutent du sucre
râpé et en détachent la chair avec une espèce
de truelle. Ce sont encore ces mêmes étrangers qui se servent d'une fourchette pour
manger une poire.

Que ces étrangers nous indiquent comment on doit ouvrir une noix de coco ou un
autre fruit de leur pays qui ne mûrit pas
chez nous, je l'admets ; mais qu'ils viennent
nous montrer la manière de manger les
fruits de notre sol, voilà un droit que je leur

conteste, en même temps que je blâme mes chers concitoyens qui les imitent servilement.

On me répondra qu'en se servant d'une fourchette pour manger une poire, on évite de plonger ses doigts dans le jus poissé de ce fruit. Je répliquerai que de tout temps, chez nous, les plus grandes dames n'ont jamais hésité à tremper leurs ongles roses dans ce jus sucré, et qu'elles n'en étaient pas moins gracieuses et moins élégantes pour cela.

Je pourrais accumuler les exemples et prendre sur bien d'autres points nos jeunes gens à la mode en flagrant délit d'absurde imitation. Je préfère leur conseiller d'en revenir à notre originalité qui vaut cent fois mieux que ces maladresses exotiques.

S'il n'en était pas ainsi, nous signerions

notre abdication, et nous ne serions plus
désormais que les doublures incolores des
barbares apportés par les bateaux à vapeur,
j'allais dire par les *paquebots*, encore un
mot accepté sans qu'on se soit presque donné
la peine de le traduire.

VIII

Je ne voudrais pas qu'on me prît pour un inflexible Alceste, alors qu'en réalité il n'y a en moi qu'un Philinte. Mes critiques incessantes ne puisent pas leur source dans ma mauvaise humeur. J'aime ceux que je censure, et je voudrais, c'est peut-être trop ambitieux, les corriger des petits travers qui les séparent de la perfection. Ces travers, je l'ai déjà dit, ne sont que des malentendus qu'il serait très-facile de dissiper.

J'ai d'autant plus besoin de cette précau-
tion oratoire, que me voilà prêt à entrer
dans le monde des gens raisonnables, dans
le vrai monde, dans le « meilleur monde, »
comme on a coutume de le dire. Jusqu'à
présent il était possible, puisque je m'occu-
pais des filles perdues et des prodigues qui
les aident à consommer leur chute, de m'exprimer avec liberté.

J'attaquais des vices, des fautes inexcusa-
bles ; mais désormais je dois m'observer davantage, puisque je m'apprête à toucher aux
parties les plus saines de la société. Elles
ont aussi, celles-là, sur la conscience, des
torts que je veux signaler aux méditations
des sages.

On répète partout que nos mœurs dispa-
raissent, et qu'à Paris, où jadis on causait
si bien, on ne sait plus causer. La vérité est

qu'on sait toujours causer, mais qu'on ne veut plus s'en donner la peine. On aime les propos libres, les histoires croustillantes, et dans les salons règnent une discipline et un rigorisme qui n'admettent pas ces franchises. C'est pour cela qu'on va les débiter ailleurs. Mais cette coutume a eu pour conséquence · fatale de dépeupler les salons. La cause unique de cette désertion, c'est la multiplicité des cercles.

Cette mode nous vient encore de l'Angleterre. Elle a fait depuis quelque temps parmi nous des progrès inquiétants. Si ces réunions ne font courir aucun danger à la société anglaise, il n'en est pas de même parmi nous, où elles ont en réalité brisé en beaucoup d'endroits ce qu'on appelle le foyer domestique.

Parcourez le soir les cercles, vous y trou-

verez une compagnie nombreuse, amusante,
composée de maris et de jeunes gens qui
laissent seuls à la maison leurs femmes ou
leurs grands parents. Ils ne peuvent faire la
foule au cercle qu'en créant la solitude dans
leurs demeures respectives.

Il y a beaucoup de raisons pour qu'il en
soit ainsi. L'animation du cercle a, comme
on le pense, facilement raison du calme mo-
notone du foyer. D'abord, ce genre de vie
abuse beaucoup de gens sur l'état réel de
leur fortune. Tel petit rentier, qui habite
avec sa femme et ses enfants un étage élevé,
incommode, étroit, où il est servi par des
femmes maladroites, peut, au prix d'une co-
tisation insignifiante, obtenir le privilége de
passer ses heures de loisir dans de vastes et
riches salons décorés comme des châteaux,
quand ils ne le sont pas comme des palais.

et avoir à ses ordres des valets de pied en grande livrée qui lui font énormément la révérence en lui apportant une lettre sur un plateau.

Les gens peu aisés jouent ainsi à l'homme riche, et préfèrent cette illusion de la fortune à la réalité obscure et prosaïque de leur petit intérieur. Ce n'est pas tout. Au cercle, le salon est animé par un va-et-vient continuel de curieux, de bavards ayant fouillé Paris dans tous les coins, et qui, après le spectacle, rapportent les bons mots, les anecdotes croustillantes, les bruits de ruelles et d'alcôve, et les nouvelles de toute sorte inventées pendant la journée. Ce que les journaux ont indiqué ou sous-entendu est complété par ces conteurs, souvent avec une verve qui chasse les soucis et les préoccupations domestiques. A côté des maris se trou-

vent les célibataires qui n'ont renoncé ni à
Satan ni à ses pompes.

Il serait contraire à ma pensée et à mes
intentions de travestir la vie intérieure des
cercles, ni d'imputer des intentions coupables aux personnes honorables qui en font
partie, et se distinguent par le choix irrépro-
chable et sévère de leurs distractions; mais
enfin je suis bien forcé de constater qu'à
côté de ces sages, il y a dans un coin, dans
un salon spécial, les fous qui parfois jettent
leurs bonnets par-dessus les moulins. Il leur
arrive de temps en temps, et ils ont bien raison, de raconter des histoires fort gaillardes.

Toutes ces gentillesses, possibles dans un
cercle, ne seraient point tolérées dans un
salon. Entre hommes on peut desserrer sa
cravate, ou plutôt cette petite jarretière que
la mode nous fait à présent porter; on peut

allumer son cigare, parler librement, raconter des joyeusetés qui valent un succès au conteur. Aussi la plupart de ces conteurs, quand ils retournent dans le monde, se sentent éteints et gênés, l'ennui les enlace et les fait fuir.

Le grand tort du cercle a donc été de consommer la séparation des hommes et des femmes. Je sais bien que les célibataires seuls (car à Paris tous les maris sont fidèles à leurs femmes) prennent ailleurs leur revanche et font visite à ces petites drôlesses dont j'ai déjà parlé, qui sont la monnaie des vraies courtisanes. Par malheur, une loi inflexible veut que l'homme se civilise aux pieds de la femme, ou s'abrutisse dans ses bras. De nos jours, on se civilise peu.

Et, pendant ces heures si gaiement passées, que deviennent les dames restées au

logis ? Elles font de la tapisserie comme Pé-
nélope, ou lisent des romans. Cent fois heureux sont les maris, dans la demeure des-
quels le blond Chérubin ne vient pas faire
d'apparition, et qui, en rentrant, trouvent
leurs chères moitiés filant de la laine à la
lueur d'une lampe carcel !

Je trouve encore dans les cercles des tra-
ces de ces importations étrangères, contre
lesquelles je m'élèverai avec une persistance
que rien ne saurait décourager. On est ad-
mis par élection dans un cercle ; les mem-
bres votent à l'aide de boules. Pour admettre, on dépose une boule blanche dans une
urne, et pour rejeter, on y dépose une boule
noire. En anglais, *noir* se dit *black*. Or,
lorsqu'un candidat est repoussé, on dit qu'il
a été *blackboulé !* Quel mot sauvage ! on a
osé en faire un verbe, qui, conjugué, con-

traindrait à dire : Si j'avais su que vous me
BLACKBOULASSIEZ, je ne me fusse pas présenté.
O Malherbe ! toi le grammairien chevaleres-
que, que dirais-tu de ce néologisme ?

Les cercles ont pour diminutifs les cafés
qui maintenant pullulent dans Paris, et sont
toujours occupés par des maris, des pères
et des frères laissant avec soin leurs sœurs,
leurs femmes et leurs filles à la maison.

Il y a des personnes qui, en dehors des
heures consacrées au travail, vivent entière-
ment dans les cafés.

On dit que c'est d'Algérie que nous avons
apporté cet amour du divan et de l'estami-
net. Il y a trente ans, il n'en était pas ainsi.
Les cafés n'étaient visités que par les gens
de passage, les voyageurs sans domicile dans
la ville.

A présent chaque café compte pour clients les habitants du quartier ; allez le soir rue Thévenot, rue Saint-Jacques, à Vaugirard, regardez à travers les vitres, vous verrez installés en face les uns des autres les négociants et les industriels d'alentour, jouant au bésigue, fumant et savourant de la bière. Le café est une institution qu'ignoraient nos pères, mais qui tient une place considérable dans ce que j'appellerai nos mœurs nouvelles.

Quant aux pauvres salons, je vais les aborder et analyser le peu d'animation qui leur reste.

IX

Depuis quelques années, les salons du vrai monde ont changé complétement d'aspect. Autant autrefois on vivait dans l'intérieur, autant à présent, dans toutes les classes de la société, on vit au dehors.

Ceci demande quelques explications.

Les Français voyageaient peu. A présent ils sont nomades et touristes autant que les Anglais. Les moyens de locomotion, en devenant rapides, ont entraîné tout le monde.

Non-seulement les heureux de ce monde vont passer l'été à la campagne, mais pendant cette saison des beaux jours, il y a une période de temps consacrée à des voyages et à des excursions aux bains de mer et aux villes d'eaux.

Les eaux salées, pas plus que les eaux minérales, n'ont acquis de vertus curatives plus grandes. Si on met tant d'ardeur à les visiter, c'est afin de retrouver ces réunions nombreuses et brillantes dont Paris est privé pendant l'été, et dont la campagne est privée pendant toutes les saisons. Autrefois, les stations thermales n'étaient fréquentées que par les militaires entamés par la mitraille ou les vieillards envahis par les rhumatismes. Je glisse rapidement sur ces considérations, qu'on a déjà rappelées trop souvent. Je me borne à constater que les

6.

couturières ont imaginé des toilettes ravissantes et toutes spéciales à la plage et à Bade. Il faut bien aller les revêtir sur le théâtre même qui motive cette mise en scène. Quand je dis toilette, je me sers d'une expression impropre, on appelle à juste titre ces accoutrements des *costumes*.

Mais pendant l'hiver, passé à Paris, voyons comment on se comporte dans les salons. Les distractions sont de trois sortes. Il y a les grands dîners, les petites soirées intimes et les grandes soirées avec bal ou concert. Il faut ajouter à cette énumération ce qu'on appelle les *jours de madame*, et ce que M. de Pontmartin, dans un livre qui a fait du bruit, appelait « *les jeudis de madame Charbonneau.* »

Dans ces sortes de réunions, on ne cause pour ainsi dire plus. Les personnes présentes ne sont en réalité que des fourvoyés qui ne peuvent s'arracher complétement à leurs préoccupations.

Si je blâme les importations anglaises, par contre, il est certains côtés des mœurs de ce pays que j'admire et que je voudrais qu'on adoptât parmi nous. Ainsi, en Angleterre, une fois l'heure du dîner arrivée, les hommes ne parlent plus d'affaires. Ils sont tout au monde et à leur famille. En France, il n'en est rien, et notre vivacité naturelle nous porte à tout confondre et à tout conduire de front. Le notaire, le banquier, l'industriel font souvent des mots et s'occupent de balivernes dans leurs cabinets et dans leurs comptoirs; puis, le soir, au lieu de causer de futilités et de frivolités, ils oublient les dames et les jeunes filles et parlent de commerce, de spéculation, de banque et de politique. Sous ce rapport, nous sommes inférieurs aux Anglais.

Autrefois on apportait dans les rapports sociaux une bonhomie et une naïveté qui en sont maintenant absolument bannies. Nous avons remplacé ces qualités exquises par la plus prétentieuse de toutes les ironies, par la plus fausse de toutes les modesties. Chez nos pères, l'intérieur, le foyer étaient agréables, parce que chacun y arrivait avec un certain souci de plaire aux autres.

Ainsi on écoutait celui qui parlait bien, et on n'exigeait pas, pour faire cercle autour de lui, qu'il fût de l'Académie ou qu'il méritât des lauriers. On était élégant et on croyait à l'élégance. Saluer avec grâce, danser légèrement, savoir faire la cour à la jeune fille qu'on devait épouser, étaient autant de titres fort appréciés. A présent, hélas ! il n'en est rien. Notre costume sévère, étriqué, uniforme, interdit l'élégance. Nous avons aboli la révérence, nous avons supprimé la danse, et si un monsieur se permettait de vouloir briller par un de ces moyens-là, il se couvrirait de ridicule.

Pour être accompli maintenant, il faut ignorer la danse, adopter la valse à deux temps sur de la musique rhythmée à trois temps, et débiter avec gravité les huit ou dix niaiseries composant le dialogue soporifique et nul qui a remplacé à peu près partout la conversation.

Je demande la permission d'esquisser en traits rapides ce qui se passe dans ces réceptions hebdomadaires, aux mardis d'une dame que j'appellerai, si vous le voulez bien, madame Pépin d'Héristal.

Ce jour-là, dans l'après-midi, ceux qui

sont invités aux dîners et aux soirées de la
dame, doivent venir la voir et causer un
quart d'heure. N'allez pas croire qu'on y
entende quoi que ce soit ressemblant au ma-
rivaudage exquis qu'Alfred de Musset a placé
dans son proverbe : *Il faut qu'une porte
soit ouverte ou fermée*. Vous seriez alors
dans une erreur complète. D'abord, c'est un
va-et-vient continuel d'arrivants et de par-
tants, qui sont cause que la porte n'est en
réalité ni jamais ouverte, ni jamais fermée.
Madame Pépin d'Héristal, assise à la place
d'honneur, écoute les sornettes qu'on croit
devoir lui débiter.

Il m'a été permis d'entendre le dialogue
complet de tout un mardi. Si on sténogra-
phiait ce dialogue, on reculerait d'épouvante
en face des énormités et des platitudes qu'il
renferme. L'inanité de la conversation est

surtout complète si madame Pépin d'Héristal possède une fille en âge d'être mariée,
parce que dans nos mœurs une jeune fille
n'est qu'une sensitive dont tout le mérite doit
consister à baisser les yeux.

J'ai connu un garçon d'une certaine valeur
qui avait la passion du bal et de ces réceptions hebdomadaires. Dans une soirée il ne
manquait pas un quadrille. Il avait inventé
un petit dialogue à l'usage des jeunes filles
qu'il invitait à danser. Pendant la première
figure, il prenait la liberté de lui faire re-
marquer que le bal était très-brillant et la
température très-élevée. A la seconde figure,
il la complimentait sur la fraîcheur de sa
toilette et sur la forme gracieuse de sa coif=
fure.

A la troisième figure, il avait l'audace de
lui demander si elle avait entendu M. Mon-

taubry dans *le Voyage en Chine*. Enfin, en la reconduisant à sa place, il lui conseillait de ne point prendre de glace. Mon ami était coté très-cher comme danseur ; les demoiselles le trouvaient charmant, les mères l'estimaient beaucoup. Et lorsque le mardi suivant, il arrivait vers trois heures et demie chez madame Pépin d'Héristal, il mettait le comble à sa réputation en parlant de la façon dont mademoiselle Patti avait chanté dans sa dernière création.

Oui, telles sont en réalité les banalités qui ont cours dans ces réceptions guindées et tyranniques, qui font souvent regretter à celle qui reçoit l'obligation de ne pas sortir, et à celles qui viennent la nécessité de se rendre à cette réception. Mais l'usage, mais l'habitude sont là. On sent de part et d'autre que rien n'est moins récréatif que

ces sortes de distractions, et on n'en persiste
pas moins à les maintenir.

Qui donc abolira ces simagrées et remettra
à leur place la bonhomie et le sans-façon de
nos pères, qui prouvaient au moins par leur
attitude et leur simplicité qu'ils avaient l'humeur gauloise, et qu'ils savaient trouver du
plaisir argent comptant ? Je sais bien pourquoi ce malentendu s'est produit, et pourquoi il persiste et dure contre la volonté de
tous, et j'en dirai la cause.

Je ne m'extasie pas du tout sur les plaisirs
tels qu'on les comprend dans le vrai monde,
où la plupart des gens qu'on rencontre sont
d'une déplorable insignifiance. Hélas ! il ne
faut pas leur en vouloir, cette insignifiance
prend sa source dans les mœurs nouvelles
de notre époque inquiète et fiévreuse. Nous

7

avons tous ce que je serais tenté d'appeler une indigestion de la vie.

La statistique que je pourrais invoquer est là pour témoigner qu'en ce moment la société presque tout entière est atteinte d'une maladie nerveuse que lui ont donnée les découvertes du progrès. Ce calme, cette sérénité, cette modestie par lesquels se distinguaient nos pères ont disparu. Notre caractère s'est métamorphosé, et nous avons échangé toutes ces conditions de bonheur contre des impatiences et des ambitions qui font de nous de pauvres fourvoyés.

Je suis convaincu que la célérité des chemins de fer et l'instantanéité du télégraphe électrique ont porté la plus grave atteinte à notre nature et à notre tempérament.

Autrefois, notre personne, protégée par la lenteur, par la distance, par l'impossibilité

matérielle de traiter et de terminer une affaire, en prenait à son aise et n'abusait pas
de ses forces. Elle n'avait point à redouter
que son rival ou son concurrent allât plus
vite en besogne, contenu qu'il était lui-même
par ces impossibilités. On pouvait, sans in-
convénient et sans passer pour un paresseux,
s'endormir et se ménager un peu.

Mais à présent ces petits profits ne sont
plus permis. Il faut marcher, marcher sans
cesse, sans trêve, sans repos. Le temps et la
distance n'existent plus. Nos modernes inventeurs les ont immolés sur l'autel du progrès. Nous accomplissons en un jour ce que
nos pères faisaient en une semaine, en une
semaine ce qu'ils faisaient en un mois, en un
mois ce qu'ils faisaient en une année.

Il fallait huit jours pour qu'un Parisien
pût communiquer avec un Marseillais. A

présent, il suffit d'une demi-heure. Quand
ce Parisien et ce Marseillais traitaient une
affaire, ils avaient le temps de réfléchir. A
présent, ce temps leur manque, et si l'un
des deux s'avisait de méditer, un rival ne
manquerait pas de lui couper l'herbe sous
le pied. Il suffirait pour cela d'expédier une
dépêche.

Grâce à cette foudroyante télégraphie électrique, toute l'Europe en est arrivée à ne
former qu'une immense et vaste cité. Un in-
cendie à Constantinople, une éruption du Vé-
suve, un déraillement du chemin de fer sont
connus sur les boulevards aussitôt qu'un
sinistre arrivé à l'une des barrières de Paris.

Ce qu'on appelle un *alibi* n'est presque
plus admissible, puisqu'un voyageur peut, le
matin, côtoyer un lac de la Suisse, et le
soir voir les lacs en carton de *Guillaume*

Tell, à l'Opéra, ou bien assister à un lever de rideau au Vaudeville, et, le même soir, entendre la fin de *Tartuffe* au théâtre de Rouen. Si je cite ces rapidités, c'est parce qu'il m'a été permis de les accomplir.

On trouve ces prouesses admirables, et les thuriféraires du progrès en sont stupéfiés. Le souvenir des messageries Laffite et Caillard leur fait hausser les épaules. Selon eux, ces anciennes tortues ne sont pas regrettables.

Je n'irai pas jusqu'à partager cette manière de voir; je prendrai un moyen terme, et malgré toute la reconnaissance que l'on doit à ceux qui nous ont dotés des chemins de fer, je me permettrai de leur dire que les trains express transportent nos corps, ce n'est pas douteux, mais qu'ils laissent nos esprits en route.

La science, par ses découvertes, nous a fait entrer, depuis quelques années, dans un monde comportant des organes qui nous font défaut, et que la nature, inflexible dans ses résolutions, ne nous donnera jamais. Cette nature, en nous refusant des ailes, n'avait point prévu que nous inventerions un jour des systèmes de locomotion avec lesquels nous franchirions les distances aussi vite que les oiseaux. Elle se venge par ces migraines, par ces états indéfinissables et vagues dans lesquels se trouvent plongés, et comme anéantis, les malheureux qui ont traversé, sans s'arrêter, plusieurs centaines de lieues.

Quant au télégraphe électrique, il perturbe nos mœurs encore plus que les chemins de fer. Avec ses embranchements et ses ramifications infinies, la retraite et la solitude sont interdites aux personnes malades, et fatiguées. Ainsi autrefois, en s'éloignant, on était certain que la distance mettait à l'abri des importuns et des inutiles. Essayez donc à présent d'user de cet expédient ! Le télégraphe est là avec sa voix qui retentit dans toutes les directions. Un homme se trouve donc toujours fatalement en face de toute sa clientèle.

Le premier indiscret pourra le relancer à sa campagne, dans le hameau mystérieux où il se cache, sur la montagne qu'il franchit en voyage, jusque sur le bras de mer qu'il traverse. Les fils du télégraphe passent partout, au-dessus des villes, à travers les plaines, dans les vallées solitaires, au risque de mêler les dépêches de M. Havas aux douces choses que peuvent se dire, au pied des saules, les Daphnis et les Chloé d'à présent.

En réalisant ces découvertes, dont je ne

veux méconnaître ni la grandeur ni l'impor-
tance, l'homme s'est à jamais brouillé avec le
calme et le repos, et a signé un bail sans fin
avec l'agitation, la fièvre, et par-dessus tout
l'impatience.

C'est dominé par ses tyrans invisibles et
implacables qu'il arrive à ses heures de loisir.
Hélas! il se prescrit sincèrement d'être gai,
futile, léger, mais il ne peut se tenir parole,
par la raison que dans le salon où il cause, à
la table où il risque son argent sur une
carte, dans la loge de théâtre où il écoute de
la musique, on peut lui apporter la dépêche
qu'il attend, et qui le forcera de tout quitter
pour répondre ou pour parer à des obstacles
imprévus. Les femmes et les jeunes filles ne
comprennent rien à ces préoccupations qui
se font pourtant sentir partout.

Je crois pouvoir affirmer que ces raisons

sont en grande partie cause du changement presque radical qui s'est produit dans le tempérament français. Nous sommes organisés pour les affaires bien plus que pour le plaisir.

Il faut à ces raisons en ajouter d'autres. Nous sommes tous plus ou moins blasés, par ce motif que nous abusons de tout, du bal, des réceptions et des dîners. Il y a à Paris des personnes qui auraient besoin de trois estomacs pour pouvoir simplement goûter aux festins exquis auxquels elles sont conviées.

Il leur faudrait aussi des suppléments de nuit pour réparer les forces dépensées en prenant part à tous ces plaisirs divers ; mais réduits comme nous le sommes à nos mesquines facultés naturelles, nous arrivons soucieux et ternes dans les fêtes, et si on nous

7.

jugeait sur la mine, on serait tenté de croire
que nous avons divorcé pour toujours avec
cette gaieté saine et franche, cet entrain vail-
lant qui étaient une des gloires de nos pères.

Je m'arrête dans ma course vagabonde à
travers ce monde parisien que je ne puis
trouver amusant; mais avant de terminer,
précisément parce que j'ai blâmé et critiqué
bien des choses, je dois dire tout le bien que
je pense d'une distraction encore nouvelle
et fort à la mode en ce moment. Je veux
parler de Bade et de ses enchantements.

Bade n'est en réalité qu'un reflet de Paris.
Cette reine de la forêt Noire, cette villa des
duchesses, devient le refuge de toutes les élé-
gances, alors que les capitales en général et
Paris en particulier sont inhabitables. Elle
possède tout ce qu'il faut pour séduire et
captiver. Ses ombrages, ses promenades,

ses alentours pittoresques, ses courses, ses chasses et ses pêches sont les plaisirs de la journée. Le soir venu, commencent les concerts, les spectacles et les bals. Grâce au bon goût et à la munificence du directeur, jeune, intelligent et sympathique, qui préside à tous ces enchantements, on trouve groupé à Bade tout ce qui pendant l'hiver a, dans les divers pays, fixé l'attention des gens comme il faut. Les rois eux-mêmes daignent apprécier ces enchantements et prendre leur part à ces fêtes charmantes qui chaque année guérissent plus de malades que les docteurs de toutes les facultés.

Si vous trouviez que j'exagère, allez-y voir, cher lecteur, et vous en reviendrez plus enthousiaste que moi. Partez avec un guide Conti dans votre poche, et laissez-vous vivre dans ce paradis de Bade.

Les divers chapitres dont est composée cette étude parisienne ont paru dans le journal *le Figaro* sous ce titre : *Lettres parisiennes*. Ces lettres étaient signées : *Un monsieur en habit noir*. M. de Villemessant, avec une bienveillance dont je le remercie, m'avait très-gracieusement offert la grande publicité du journal qu'il sait diriger avec tant d'esprit.

Le Figaro est, ainsi qu'on le sait, un journal téméraire qui ose souvent dire presque tout ce qu'il pense. Cette franchise soulève parmi ses nombreux lecteurs tantôt des enthousiasmes, tantôt des imprécations qui lui parviennent par lettres anonymes, de tous les coins de Paris et de la province. S'il attaque un abus, aussitôt on le félicite de son courage et on le supplie de persévérer dans cette voie.

Par contre, si *le Figaro* par ses critiques ou ses réflexions malignes s'en prend à une personne ou à une chose, vite les partisans de cette personne ou de cette chose jettent les hauts cris, et adressent au journal des lettres anonymes dans lesquelles on le rudoie fortement.

La boîte du journal *le Figaro* est ainsi devenue un réceptacle à indignations et à jubilations. Le blâme et la louange, éclos çà et là, s'y retrouvent, apportés par les facteurs de la poste. Quand on ouvre cette boîte, on procède en quelque sorte au dépouillement d'un scrutin.

Les *Lettres parisiennes* du *monsieur en habit noir* ont eu, comme tous les autres articles, leurs partisans et leurs adversaires. Elles ont provoqué une foule de missives plus ou moins violentes. Dans les unes on félicitait le *monsieur en habit noir* de sa croisade contre les travers du jour; dans les autres, au contraire, quelques esprits trop vifs, se méprenant sur les intentions de l'auteur, le blâmaient avec violence et persistaient à voir en lui un adversaire, tandis qu'au contraire (l'entente, comme dit le proverbe, étant au diseur) il n'y avait en lui qu'un auxiliaire animé de la louable intention de les prémunir contre des préjugés trop grossièrement dorés. Ces lettres furent anéanties. Une seule fut publiée, et je me fais un devoir de l'insérer dans ce petit livre. Je la cite textuellement :

A UN MONSIEUR EN HABIT NOIR

Monsieur,

Vous êtes parfaitement mis, on ne saurait le nier ; vous êtes fort mal renseigné, c'est une chose évidente.

Vous attaquez furieusement les sports et les sportsmen, au moyen d'arguments complétement personnels, en les appuyant sur des raisons qui ont le défaut d'être le contraire de ce qui a existé, de ce qui est.

Or, comme vos écrits peuvent, monsieur, fausser le jugement public, je tiens à rétablir les faits.

Vous dites, monsieur, que les courses de chevaux n'ont d'aucune façon amélioré la race chevaline, et vous ajoutez que ni dans les innombrables voitures publiques de Paris, ni dans les voitures de province, ni dans la *cavalerie de notre armée*, ni dans les chevaux de notre agriculture, vous n'avez rencontré aucun petit neveu des coursiers illustres qui se sont couverts de gloire sur les hippodromes de France et d'Angleterre.

Il existe, monsieur, une administration des haras en France (vous l'ignoriez donc?).

Cette administration achète depuis nombreuses années les vainqueurs des courses de chevaux réunissant les qualités les plus complètes du reproducteur.

Ces chevaux, payés de gros prix, sont expédiés en province et jusqu'aux confins de la Bretagne à des dépôts établis dépendant du gouvernement des haras.

Ces étalons illustrés par leurs victoires sont *les pères de tous les chevaux de notre cavalerie*, et leurs fils, choisis avec soin, deviennent à leur tour les étalons qui produisent le cheval d'attelage et de service en général.

Du reste, les services rendus au pays par la Société d'encouragement, les sages mesures prises par l'administration des haras sont trop connus, et les résultats trop appréciables, pour que j'aie l'idée de les discuter.

Donc, monsieur, vous saurez désormais que les chevaux de notre armée, des services publics de toutes sortes, ont, à un degré plus ou moins élevé, le sang précieux des coursiers illustres.

Telle est, monsieur la vérité.

Que vos nerfs soient agacés par les grelots attachés à leurs chevaux par quelques filles se rendant aux courses, le résultat de cet agacement ne doit pas être pour le public, que les gens qui s'occupent de courses sont des imbéciles.

Les chevaux étant, après la vapeur, l'élément de transport ou de traction par excellence, tous les peuples du monde s'occupent de leur perfectionnement.

Il y a, monsieur, des courses en Allemagne, en Russie, en Turquie, en Égypte, en Algérie, dans les deux Amériques, *à la Nouvelle-Zélande, à la Nouvelle-Hollande, aux Indes,* etc., et une feuille anglaise spéciale, le *Bell'-Life,* rend compte *de toutes ces réunions.*

Mais, monsieur, pourquoi ces attaques, qui sont de vieilles rengaines sans raison, car si l'on cherchait bien, si l'on voulait trouver la cause de ces critiques paradoxales, si l'on dégage la pensée de son milieu de dénigrement quand même, que trouvet-on? L'envie ou l'ignorance.

Combien j'ai vu de ces sévères contempteurs de mœurs nouvelles devenir en un jour des hommes de sport ! Que signifie sport ? Exercice du corps, usage et développement des forces.

Le sport existe depuis la création du monde, cher monsieur, et Noé, en construisant son arche, en y réunissant les étalons de chaque race, fit là un acte de sportsman émérite.

En Grèce, à Rome, les sports étaient en honneur, et les courses de chevaux avaient une place sérieuse dans les institutions romaines. Lisez les historiens militaires de l'antiquité, monsieur ; lisez Végère, et vous apprendrez *les moyens employés alors à perfectionner les facultés de l'homme par les exercices du corps.*

Que ces exercices soient réglés de différentes façons, que l'on appelle de mots anglais ces exercices, quel mal sérieux y voyez-vous, si ce n'est celui peu grave, convenez-en, d'agacer vos nerfs? Trouvez des mots français équivalents, et on les emploiera.

Vous dites encore que ces habitudes, ces mœurs nouvelles sont absurdes, antipathiques à notre caractère, à *notre gaieté*.

Vraiment si nous sommes des sots, des ennuyeux, je vous affirme, moi, que nous sommes fort gais, et qu'à tout prendre, aimant à rire, nous avons vainement cherché dans les *Lettres parisiennes* cette gaieté française que vous chérissez.

En lisant ces leçons qui, affirmez-vous, joignent à une haute moralité cette vieille gaieté française, il nous semble apercevoir la gravure si connue de l'éducation d'Achille, gravure que, depuis l'enfance, nous avons considérée pendue aux murs de nos professeurs.

Vous prônez les quilles, monsieur, j'aime le cricket. Vous parlez des chevaux de courses comme on en parlait en 1830, je parle des chevaux comme d'un résultat obtenu par l'intelligence, comme d'une machine perfectionnée, et si ma gaieté n'est pas française, je ne fais pas de madrigaux à Pégase.

Si je vois les jeunes hommes lutter de force et de puissance, soit en montant un cheval de steeple-chase, soit en tirant un aviron (à chacun le sport selon sa bourse), je ne dis pas que les courses et les régates sont des réunions *insipides* et que la gaieté française est perdue.

En suis-je pour cela moins gai? Et toute institution utile, en ces temps d'égoïsme, ne doit-elle pas dominer cette gaieté française que vous aimez, monsieur, et qu'en amoureux très-épris, vous conservez, vous cachez avec un soin jaloux ?

Pourquoi ? C'est si bon de rire. De la gaieté française, s'il vous plaît !

Un monsieur, en habit de chasse.

Voici ma réponse :

D'abord je dirai à mon adversaire inconnu que je sais depuis longtemps qu'il y a en France une administration des haras. Puisque cet adversaire connaît mon nom, il peut compulser les collections de plusieurs journaux, et il y trouvera les trop longs articles que j'ai écrits sur le haras Pompadour, sur le haras du Pin et sur le dépôt de remonte du Bec-Hélouïn, en Normandie. S'il est archéologue (cela soit dit en passant), qu'il aille au Bec-Hélouïn ; il y verra les plus admirables loquets du monde, des merveilles en fer sculpté.

Mon honorable contradicteur affirme que les descendants des étalons fameux servent depuis longtemps à la cavalerie de notre armée et à l'agriculture. Je ne veux pas engager de débat sur ce point, je me bornerai à le prier d'aller au ministère de la guerre et de demander des renseignements sur les opérations de la remonte. Cette recherche détruira ses illusions en même temps qu'elle lui prouvera que mes assertions étaient justes.

Quant aux chevaux qui traînent les dix ou quinze mille voitures de place et de régie à Paris, s'ils descendent des étalons célèbres, s'ils ont du pur sang dans les veines, avouez à la façon dont ils marchent qu'on ne s'en douterait guère, et qu'on serait plutôt tenté de croire qu'ils sont tous les petits-fils de Rossinante.

Pour égayer un peu ce débat hippique, je demande à mon honorable et impétueux contradicteur la permission de lui dire quelques mots de Végèce et non pas de *Végère*, dont il me parle dans sa lettre.

Je suis convaincu qu'il n'a jamais eu le courage, et je l'en félicite chaudement, de lire quatre lignes de cet insipide écrivain dont nous n'avons rien à apprendre, et qui, d'ailleurs, dans ses froides déclamations, s'est borné à paraphraser ce que, quelques siècles avant lui, Xénophon avait écrit dans l'*Hippiatrique* et dans ses traités didactiques sur la *chasse*, la *cavalerie* et l'*équitation*.

Non, je ne lirai, ou plutôt ne relirai jamais de ma vie Végèce, il est par trop ennuyeux, et je me permets, de ma propre autorité, de le placer dans la même catégorie que ce bon Aulu Gelle, c'est-à-dire parmi ces auteurs dont les noms prennent place dans les dictionnaires d'histoire et de géographie, mais dont les livres resteront justement oubliés. Allez à la Bibliothèque où mon métier m'a si souvent amené; questionnez les bibliothécaires, et demandez-leur combien de fois, en l'espace de vingt ans, on demande à consulter Végèce. Ils vous répondront que ce pédagogue obscur est dédaigné même par les songe-creux les plus originaux et les plus maniaques. Ils vous diront que la bulle *Unigenitus* elle-même est plus demandée, quoiqu'elle le soit fort peu, que le malencontreux magister auquel vous avez la cruauté de me renvoyer.

Soyez bien convaincu, mon cher contra-

8

dicteur, que je n'ignore pas les choses du *sport*. Je me suis même beaucoup occupé des chevaux, et, si vous le voulez, je vous parlerai de coursiers bien plus illustres que *Gladiateur* et que *Monarque*.

Il faut d'abord mentionner *Pégase*, le cheval ailé que la Fable fait descendre de Neptune et de Méduse. Ses états de service sont magnifiques. Monté par Persée, il l'aida à délivrer la belle Andromède menacée par un monstre marin. C'est encore grâce à lui que Bellérophon put terrasser la Chimère.

Mais la plus grande gloire de *Pégase* est d'avoir fait jaillir la fontaine d'Hippocrène en frappant l'Hélicon d'un coup de pied. C'est à cette fontaine que les poëtes allaient puiser l'inspiration. Voilà pourquoi Boileau, dans son *Art poétique*, constate qu'il est rétif pour ceux qui ne sont pas nés poëtes, ce qui équivaut à dire que, pour bien monter Pégase, une muse propice vaut mieux qu'une longue assiduité au manége.

Le fougueux *Bucéphale* d'Alexandre le Grand n'est pas moins connu. Il était de race thessalienne et fut vendu au roi de Macédoine 13 talents, qui représentent 70,000 francs de notre monnaie. On ne pouvait l'approcher tant il était fougueux. Alexandre ayant remarqué qu'il avait peur de son ombre, eut le soin de ne le monter qu'à midi, alors qu'il n'y a pas d'ombre. Il le dompta, le rendit souple comme un gant, et l'emmena dans ses grandes expéditions. Le peintre Apelles, qui accompagnait le héros, dessina *Bucéphale*. Ce valeureux coursier mourut au champ d'honneur, éventré, dit-on, par un des éléphants du roi Porus.

L'histoire romaine ne nous offre pas beau-

coup de chevaux célèbres. Il n'y a qu'à mentionner les chevaux consacrés par César le
jour où il passa le Rubicon. Ces chevaux furent mis en liberté dans un pâturage. On
prétend que lors de la conspiration contre
leur maître, ils versèrent d'abondantes larmes et refusèrent de manger. Il y a aussi
Incitatus, le cheval de Caligula. Quand cet
intéressant animal devait courir dans le cir-
que, son maître envoyait des soldats pour
ordonner le silence dans le voisinage et per-
mettre au cheval de dormir plus tranquille-
ment. *Incitatus* avait une écurie de marbre,
une auge d'argent, des harnais de pourpre
et des colliers de perles; mais il ne fut jamais consul, ainsi qu'on se plaît à le ré-
péter.

Pendant le moyen âge, au contraire, les
chevaux jouent un grand rôle. C'était réel-

lement le temps de la *chevalerie* et de la cavalerie. Nous en rencontrons deux très-célèbres sous le règne de l'empereur Charlemagne.

Commençons par celui des quatre fils Aymon. Comment s'appelait ce cheval qui porta ces quatre gentilshommes sur son dos? On l'ignore, les chroniques se taisent sur ce point. C'est à Paris, le jour de la Pentecôte, que Renaud, Alard, Guichard et Richard, les quatre vaillants fils du duc d'Aymon, seigneur de Dordogne, vinrent avec leur père se grouper autour de Charlemagne, pour lui jurer de s'en aller châtier sans retard le rebelle Beuves d'Aigremont. On dit bien que Renaud, l'aîné des quatre, fit merveilles monté sur un coursier portant le nom de *Bayard*, mais on ne spécifie pas si ce courageux *Bayard* porta jamais les quatre guerriers sur son dos. C'est là une lacune regrettable, que je n'oserais combler.

On en sait davantage sur le cheval du redoutable paladin Roland, mort par trahison dans les défilés de Roncevaux. La *Chanson de Roland*, le poëme d'*Orlando furioso* de l'Arioste, et la *Chronique de Turpin*, sont d'accord pour dire que son coursier portait le nom de *Vaillantif*. Il mourut avec son maître, et on retrouva sous lui la *durandal* et l'*olifant* de ce héros, que la légende fait grand comme un Titan.

Un peu plus tard, nous rencontrons le cheval du Cid Ruy Diaz de Bivar. Ce cheval était une jument et s'appelait *Babieça* ou, selon les autres, *Rabieça*. C'est monté sur cette cavale intrépide, que le Cid accomplit ses derniers exploits. Il put ramener sous son toit cette compagne qui avait partagé

tous ses dangers et lui accorder une vieil-
lesse aussi calme et aussi douce qu'avait été
rude et aventureuse sa première jeunesse.
La légende dit que le Cid poussait la reconnaissance envers *Babieça* jusqu'à l'étriller
lui-même.

Il est un autre cheval célèbre que je dois
inscrire dans ma liste, c'est *Rossinante*, que
le grand Cervantès a immortalisé. La mai-
greur de *Rossinante* m'a toujours touché. Je
suis persuadé que ce pauvre animal, élec-
trisé par son maître, n'a partagé sa mai-
greur que parce qu'il partageait son en-
thousiasme. On l'eût mis en liberté que,
par habitude, il fût allé secourir le faible
et redresser les torts. Il se sentait fait pour
accomplir des exploits, et non pour porter
des fardeaux. Il eût peut-être laissé dans
une ornière la brouette à laquelle on l'aurait

attelé, mais il eût galopé toute une journée pour amener un médecin près du lit d'un malade.

Les chevaux à la mode ne m'en voudront pas, eux dont on parle tant, d'avoir dit quelques mots en faveur de leurs illustres ancêtres qu'il faut aller chercher au fond des livres, et j'espère qu'ils me sauront gré de faire ma liste si courte. J'en oublie, et des meilleurs, et c'est à dessein que je ne dis rien du cheval de Troie, qui était en bois, ni du *Cheval de bronze*, qui sera toujours en musique.

Mais je crois qu'en voilà assez.

FIN

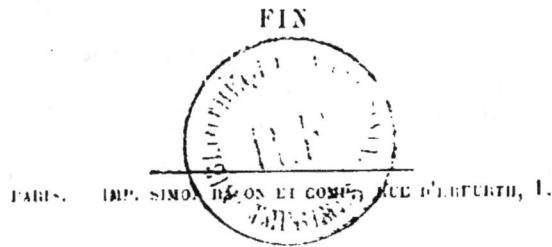

PARIS. — IMP. SIMON RAÇON ET COMP., RUE D'ERFURTH, 1.

EN VENTE A LA LIBRAIRIE DENTU

PARIS. — IMP. SIMON RAÇON ET COMP., RUE D'ERFURTH, 1.

www.ingramcontent.com/pod-product-compliance
Lightning Source LLC
Chambersburg PA
CBHW071229260626
47162CB00004B/1484